The Last Bear

最后的熊

［英］汉娜·戈尔德／著
［英］李维·宾福德／绘　陈红杰／译

GUANGXI NORMAL UNIVERSITY PRESS
广西师范大学出版社
·桂林·

最后的熊

Zuihou De Xiong

出版统筹：伍丽云

质量总监：孙才真

编辑顾问：杨家盛

责任编辑：窦兆娜

助理编辑：张　也

责任美编：唐明月

责任技编：马萁键

图书在版编目（CIP）数据

最后的熊 /（英）汉娜·戈尔德著；（英）李维·宾福德绘；陈红杰译. -- 桂林：广西师范大学出版社，2024.7

（魔法象. 故事森林）

书名原文: The Last Bear

ISBN 978-7-5598-6833-6

I. ①最… II. ①汉… ②李… ③陈… III. ①儿童小说－长篇小说－英国－现代 IV. ①I561.84

中国国家版本馆 CIP 数据核字（2024）第 058638 号

广西师范大学出版社出版发行

（广西桂林市五里店路 9 号　邮政编码：541004
网址：http://www.bbtpress.com）

出版人：黄轩庄

全国新华书店经销

唐山富达印务有限公司印刷

（河北省唐山市芦台经济开发区农业总公司三社区　邮政编码：301501）

开本：880 mm × 1 240 mm　1/32

印张：7.625　　字数：121 千

2024 年 7 月第 1 版　　2024 年 7 月第 1 次印刷

定价：34. 80 元

献给我的父母、地球和世界各地的北极熊。

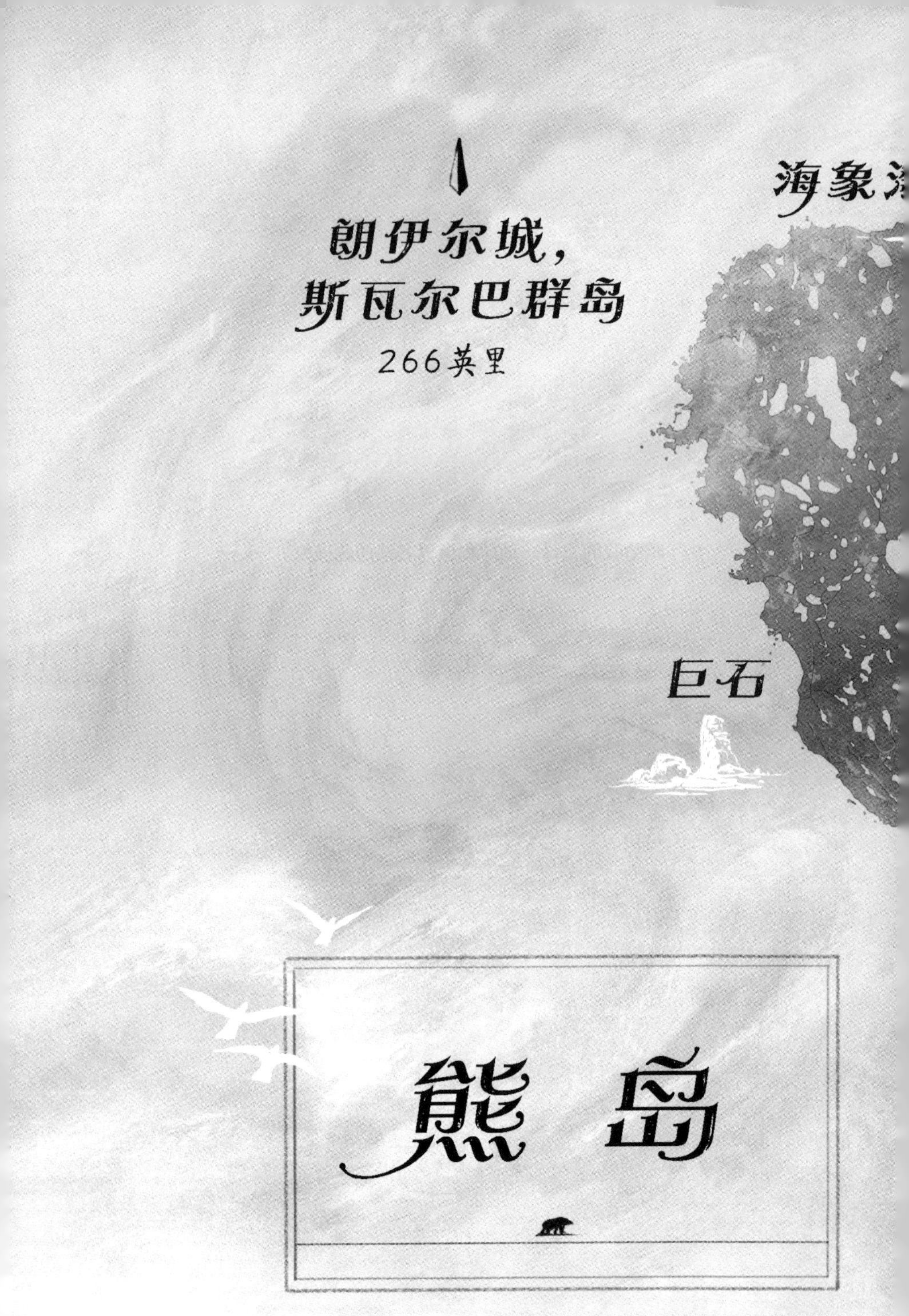

熊岛

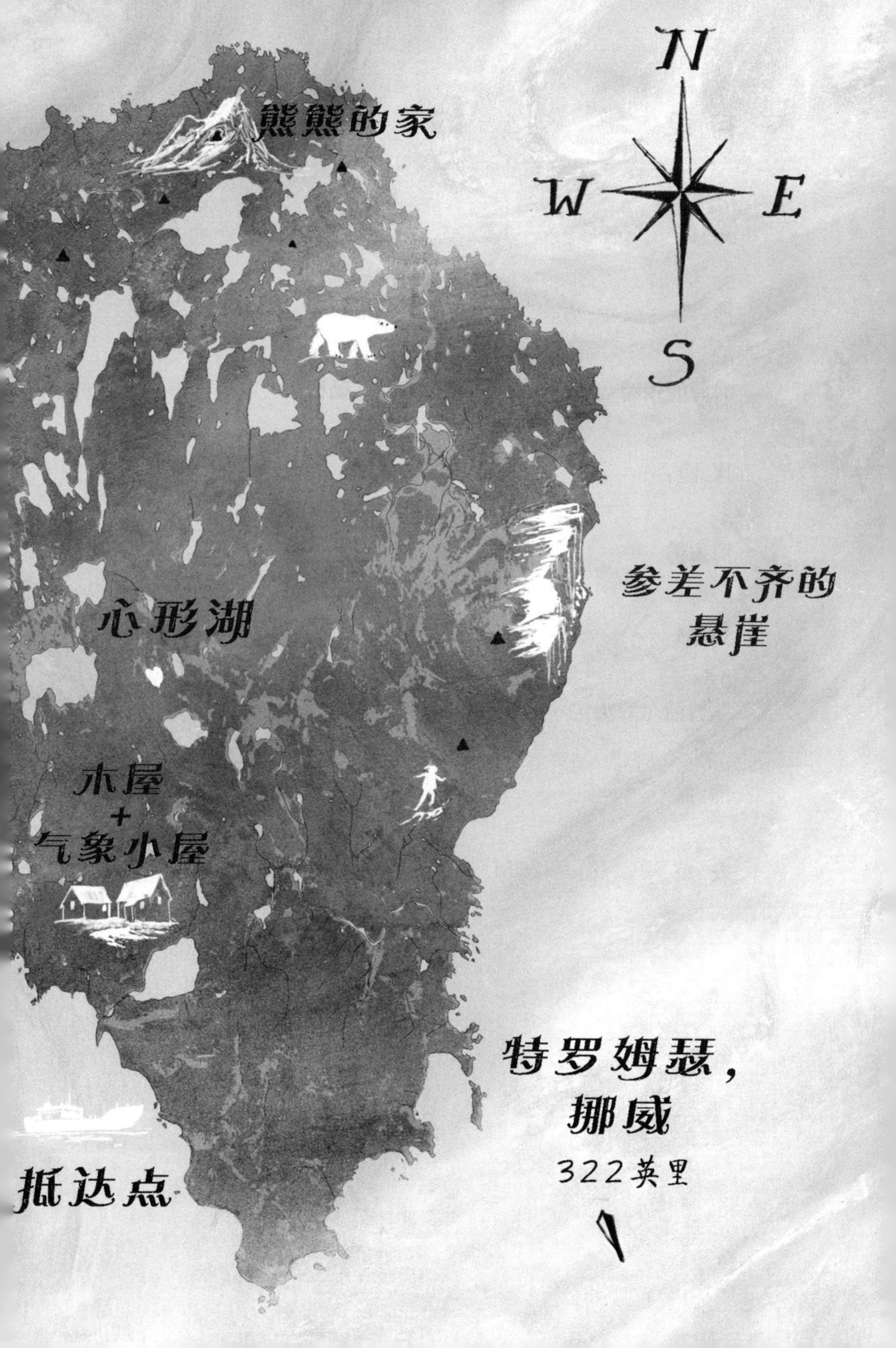

熊熊的家
N
W
E
S
参差不齐的
悬崖
心形湖
木屋
+
气象小屋
特罗姆瑟,
挪威
322英里
抵达点

目 录

01
来 信 …………………… 1

02
熊 岛 …………………… 8

03
时间的馈赠 ………… 17

04
探 险 …………………… 27

05
海象湾 ………………… 33

06
伤 痛 …………………… 41

07
艾普丽尔的决定 …… 48

08
熊 熊 …………………… 54

09
友 谊 …………………… 61

10
午夜的太阳 ………… 67

11
气象小屋 …………… 76

12
分享秘密 …………… 84

13
暑 假 ……………… 94

14
骑 行 ………………… 101

15
熊 洞 ………………… 109

16
吼声课 ……………… 116

17
熊岛的声音 ………… 122

18
山 顶 ………………… 130

19
熊熊的故事 ………… 138

20
困 境 ………………… 144

21
计 划 ………………… 155

22
意外惊喜 …………… 166

23
倒计时 ……………… 175

24
船 …………………… 181

25
暴风雨 ……………… 188

26
熊熊在哪里 ………… 192

27
勇 气 ………………… 197

28
斯瓦尔巴群岛 ……… 207

29
最后的吼声 ………… 213

作者寄语 …………… 221

致 谢 ………………… 226

译后记 ……………… 231

01

来 信

艾普丽尔·伍德遇见了北极熊。这件事发生在她抵达熊岛后的第三个星期。为了来到熊岛，艾普丽尔经历了大约四个月的旅程。

这次出行之前，艾普丽尔每天都过着平常的生活。不过，她早就觉得，那些平常其实很不正常。艾普丽尔的爸爸是位科学家，在附近一所大学工作，整天研究天气现象。他到家和离开家的时间就像天气变化一样难以预测。有时，他半夜十一点才到家，有时他又在艾普丽尔放学回家时出门。有时，他周末要工作，有时他又在工作日休息三天。即便不上班，他也会把自己关在书房里，一头钻进布满灰尘的旧书堆。那些书上的字小得让人看了眼睛痛。每当艾普丽尔给他端来茶水或晚餐，他都会摇摇头，摘下眼镜，好奇地打量艾普丽尔，好像全然忘记了自己还有一个女儿，说道：“噢，谢谢你……艾普丽尔。”说完他便咬着笔头，又埋头读起来。艾普丽尔就会轻轻带上门，离开书房。

妈妈去世时，艾普丽尔只有四岁。每次想起妈妈，艾普丽尔就像回忆起曾经度过的某个美好的夏日假期。她父亲没有再婚，这从房屋的情况就能看出来。房子很高，面积都很小，外部轮廓总是笼罩在一片淡淡的忧伤之中。房子里面永远是冷冰冰的，家里的一切都落满了一层薄薄的尘土，给人一种强烈的缺失感——艾普丽尔从来不知道如何表达这种缺失感。

艾普丽尔的大部分时间是在后花园里度过的。在那片荒芜杂乱的荆棘丛中，住着狐狸一家。艾普丽尔十分喜爱其中的一只，还给它取了名字叫“勇敢的心”，因为那只狐狸比其他几只更愿意冒险，而且，愿意亲近艾普丽尔。有一次，艾普丽尔把草莓放在手心里喂它，它差一点就真吃了。后花园的日子过得飞快，转眼，艾普丽尔要上小学了。艾普丽尔不喜欢学校，她觉得学校里的女同学们不喜欢她。她不知道为什么，也许是她身上有狐狸的味道吧，也可能因为她是班里最小的女生吧，要不然，是因为她用园艺剪给自己剪头发吧。不过，艾普丽尔倒不太在意这些，因为她更喜欢动物。动物更友好一些。

然后，那封信寄来了。当时，艾普丽尔正盘着腿坐在客厅一侧的地板上，抱着碗吃玉米片。艾普丽尔的爸爸正在读当天的报纸，他手里的吐司晃悠着，滴滴答答地往下掉橘子酱。听到邮件砰的一声落在屋外脚垫上，艾普丽尔立刻跑到了门口。那时已经是十一月底了，也许是奶奶寄来的圣诞贺卡吧，她总是早早地寄出卡片。艾普丽尔很喜欢奶奶，因为奶奶身上有一种温暖香甜的点心味。而且，奶奶住在海边。

邮件不是圣诞贺卡，而是一个厚厚的大信封，上面印着“政府公务”，还盖着挪威的邮戳。

艾普丽尔把信封放到爸爸的吐司旁。爸爸心不在焉地拿起信封就咬了一口。他随即意识到自己吃的不是吐司，脸上掠过一丝滑稽的表情，似乎他的眼睛被施了魔法。

“这是什么？”艾普丽尔问爸爸。爸爸读着信，快速地眨着眼睛。他回答道：“我们要去北极圈了。我得到那份工作了。说实话，我没想到是我——我以为他们会选一个当地人。显然，我的研究论文打动他们了，就是那篇关于地球大气层科学研究的论文。工作地点是一个小岛上的气象站，从

THE

那里到挪威海岸要坐一天的船。”

艾普丽尔连蹦带跳地问：“那是个什么样的岛？岛上有多少人？”

“呃……”爸爸怯生生地低下头，“不是你想象的那种岛。除了我们俩，没有其他人……”

“只有我们俩？”一丝激动掠过艾普丽尔的大脑，“在一个小岛上？”

爸爸坐在椅子上，身子往前探了探。“好好想一想我们即将开始的探险吧。我们要像南极探险英雄罗伯特·斯科特那样去探险。那座岛和这里完全不一样——它有内陆湖，有山，有河。想象一下吧，艾普丽尔，那是最后的“未知之地”——没有汽车，没有火车，没有飞机，甚至没有路！那是一片纯粹自然、没被开发过的荒野。”

其实，爸爸不必再多说，艾普丽尔的心已经奔向了那座小岛。她和爸爸不仅要前往北极圈，而且始终都要在一起。那里只有他们两人。他们可以做好多事——堆雪人，滑山坡雪橇，还有——

“当然，我在那里的工作会很重要。”爸爸一脸严肃地补充道。艾普丽尔的内心微微抽动了一下。

“您要做的工作是什么？”

“挪威政府希望有更精确的数据来说明全球变暖对北极地区的影响，所以，我要连续六个月监测数据。”

艾普丽尔知道一些北极冰盖融化的情况，这样的事和捕猎狐狸一样，都让她感到生气和无助。

“我的功课怎么办？”艾普丽尔问。

“艾普丽尔，”爸爸朝前探身说道，“你在北极的六个月会比你在学校六年里学到的东西还要多。”

艾普丽尔又看了爸爸一眼。他两眼放着光，脸颊透着两块粉红。艾普丽尔感觉到那种激动再次从她心头掠过。

“我们什么时候出发？”

当然，不是人人都那么激动。奶奶每天至少打三次电话来数落他们的鲁莽。冰冷的气温怎么受得了啊？浪高都赶上摩天大楼了！长着獠牙的杀手海象，奶奶可是在大卫·爱登堡[1]的纪录片里看到过的！岛上没有医院，当地没有全科医生，甚至在他们遇到危险时，连个救助的人都没有！

奶奶说，这对一个十一岁的女孩，尤其像艾普丽尔那么

[1] 大卫·爱登堡（1926—）：英国BBC电视台主持人，杰出的自然博物学家，自然纪录片制作的先驱。——译者注（如无特殊说明，本书所有注释均为译者注）

敏感的女孩来说，是很不合适的。艾普丽尔已经够疯的了，这都要怪艾普丽尔的爸爸，他怎么可以还把艾普丽尔带到一座荒岛上去呢？而且还是没有晴天的那种荒岛——这对艾普丽尔有好处吗？

爸爸假装没听到。他想固执的时候就会很倔强。

“爱德蒙，看在上天的分上，”电话里，奶奶懊恼地冲着爸爸嚷嚷，“那是熊岛！万一她被熊吃掉了怎么办？”

尽管爸爸想方设法让奶奶放心，熊岛上没有熊，但是，奶奶根本就不相信。

“要是你看到了北极熊，艾普丽尔，”奶奶说道，“记住，赶紧跑。”

转眼到了初夏。四月一日这天，爸爸和艾普丽尔踏上了第一段旅程。他们先飞往奥斯陆，然后换机前往一个叫特罗姆瑟的小城。在那里，他们将乘船前往熊岛。当飞机启程向北飞行时，艾普丽尔的脸紧贴着舷窗。窗外下方，家在视野里渐渐消失。

旅程就这样开始了。

他们出发去北极圈了。

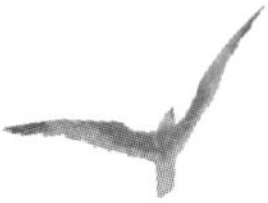

02

熊 岛

“你知道吗？你爸爸不太负责任。”

艾普丽尔被突如其来的说话声吓了一跳，胳膊肘撞到了金属栏杆上，手里的饼干屑撒了出去。正从她手心里啄食的海鸥，愤愤不平地叫了一声，飞走了。

一个男孩站在艾普丽尔身旁。艾普丽尔上一次听他大声鲁莽地说话是在特罗姆瑟的码头边，当时爸爸和艾普丽尔找到一艘锈迹斑斑的挪威货船载他们去熊岛。爸爸收藏的莫扎特全套音乐和唱片机就是这个男孩帮搬上船的。男孩是船长的儿子，可能比艾普丽尔大两三岁。离男孩近些，艾普丽尔就能闻到他身上的海水味、发动机汽油味和其他说不清的味道。但话说回来，艾普丽尔和爸爸这一路的感受有了很大变化，一切变得更野性、更空寂。所以，那个男孩身上也许根

本就没有什么特别的。

即便如此，也不意味着他可以那么说话，简直让人无法回答。再说，艾普丽尔晕船此时也说不出话来。之前她吃下去的花生酱三明治差点呕吐出来。

“我要是你，我就躺下。”男孩指了指固定在船头的长椅，提醒道，“躺下对晕船有帮助。”

艾普丽尔疑惑地看了看那个硬实的木长椅。没多久，又一阵猛烈的呕吐之后，艾普丽尔拖着步子挪到椅子旁躺了下来。现在，她眼里全是天空了。躺在长椅上，她至少可以避开寒风，不让脸被吹得通红生疼。 她以为男孩离开了，但男孩却安静地坐在长椅另一端，从指甲缝里往外抠脏东西。

“他不是不负责任。”艾普丽尔说道，她的胃总算感觉好了一点，“他是位科学家。”

“那就更糟糕了。”男孩转过脸，看着艾普丽尔。

“我爸爸说从 1918 年开始就有人在气象站那里工作了。”

“是的！不过，工作人员中一直都没有……女孩。”

“我不明白为什么你要用那种口气说这两个字——女孩。”艾普丽尔生气地坐起来，“你不能因为我不是男孩，就说我很软弱。有一次，在我们家后院，我爬到了一棵七叶树树顶上，就为了救邻居家的猫！”

男孩没有回答，反倒哈哈大笑起来。他展开双臂，指向斑驳的天穹和汹涌的大海，那感觉就好像他们俩根本不在地球上。

“你对这个世界的这个地方知道多少？”男孩笑够后问道，“你以前来过这么北的地方吗？”

“我知道，你是个鲁莽的男孩。”艾普丽尔说，“我也知道，如果我是你的话，我会做得比大家期望中的更好。我还知道，我不害怕那些我不知道的东西。”

男孩的神情柔和了一些。“我叫小托。”他伸出手，说道，“别太介意我和我爸说的话。我们在海上待的时间太长了，有时都忘记自己是人类了。”

“我叫艾普丽尔。艾普丽尔·伍德。”

艾普丽尔和小托握了握手。小托的手像段旧绳子，粗糙却格外令人安适，似乎那是一只能将艾普丽尔从烦恼中拽出来的手。

“熊岛很危险吗？”艾普丽尔镇定地问。

“那是荒野。”小托回答道，“荒野的一切都很危险。”

“那里没有北极熊吗？”

小托摇摇头：“有些年没见过了。干吗苦着脸？北极熊不是友善的动物，它们又不是宠物。它们能把你这样的女孩活生生地吃掉。”

艾普丽尔转头望着海水，不去看小托的嬉笑。

“嗨，问一下，你和海鸥玩的是什么戏法？”

“戏法？”艾普丽尔转过身来看着小托，有些不解。

“你是怎么让海鸥来你手心里叼食的？”

“那不是戏法。”艾普丽尔回答，小托的说法令她有些不快，“我只知道怎么让动物们不害怕我，和我在一起的时候，它们感到安全。”

小托的一条眉毛向上扬了扬，脸上流露出似乎还想继续听的表情。

“就是要听它们说话。”艾普丽尔解释着。她把手放在胸口，说：“用这里听。”

“你很特别。”小托说。

“也就是说，我不只是一个女孩了？”

小托笑了。他笑得十分开心，艾普丽尔忍不住也跟着笑了起来。

“你们上了岛，就不能离开了。你懂这句话，对吧？”小托压低了声音，“要一直等到六个月后，我们来接你们。”

艾普丽尔察觉到小托话里有话。第六感告诉她，小托和自己一样，擅长在说话时掩饰自己内心真实的想法。艾普丽尔在爸爸身边时，常常这样说话。她期待小托能说明白一些，不管情况如何，她都想知道。但最后，小托只是从外套兜里掏出一支铅笔和一个皱巴巴的信封，然后用铅笔在信封背面写下了几个数字。

“熊岛那地方很艰苦。你们要小心，艾普丽尔·伍德。”小托说，“如果你需要我帮忙，就打这个电话。”

艾普丽尔不理解为什么会需要小托帮忙，但以防万一，她还是把信封塞进了大衣口袋。艾普丽尔看着小托回到船员队伍中。他们个个四肢强壮，双手饱经风霜，神情坚定刚毅，相衬之下，艾普丽尔的爸爸就像羊皮纸做的一样。自从船离开港口后，他就把自己关进了船舱，埋在书堆里，为新工作做准备。艾普丽尔知道爸爸不想被打扰，而且船舱里的鲭鱼味太重，艾普丽尔回到长椅处躺下，睡着了。

“陆地出现！[1]”

---

[1] 原文“Land ho！”是感叹词，常用于航海情景。由船上的值班人员喊出，通知船员已经发现了陆地。

一句喊声在船上回荡起来，仿佛教堂响起的婚礼钟声，“陆地出现！”

艾普丽尔坐起身，刚才一觉她做了许多梦，有些头晕。此时，眼前一幕让她使劲眨了眨眼。小托站在甲板上，伸出手，手心里放着一大块面包。他凝视着天空，脸上充满了期望，就像艾普丽尔第一天上学时的表情。艾普丽尔不自觉地朝小托走去。

“你的身体要放松一点，不能憋气。”

“像这样吗？”小托垂下肩头，让胳膊放松下来。

“由内而外的轻松。”艾普丽尔指导着小托，“就想象你是水做的。很柔软，很温和，就是这样。很好，很简单。现在不要动。海鸥就在你头顶上，保持安静——”

“小托！”船长在甲板另一端大喊，海鸥惊叫着冲向空中。

艾普丽尔往后退了一步。她总感觉船长很陌生，她以前从未遇见过像船长这样的人。

“我希望你没有打搅我们的客人。”船长一边说一边好奇地看了看小托手里的面包，“船头需要你帮忙。”

小托扔下面包就跑开了。船长打量着艾普丽尔，艾普丽尔屏住了呼吸。船长的表情有些凶悍，似乎他早已习惯了北海水域的狂野，以至于忘记了航行的终点，忘记了北海水域的出现。艾普丽尔头一次为自己的身高感到高兴，因为她的身高可以让人们忽略她的存在。

船长没再说话，转身大步离开了。艾普丽尔长长地舒了一口气。

甲板上，艾普丽尔周围到处都是忙碌的船员，他们行动迅速，做事高效。她没有看到小托，却望见爸爸醒目地倚在船头，身穿粗花呢外套和熨烫过的西装裤，完全无视冰冷的气温，敬畏地注视着地平线。艾普丽尔走近爸爸，虽然空气里弥漫着大海的气味，但她仍能闻到熟悉的茴香糖味道，那是爸爸喜欢含在嘴里的糖果。

“爸爸？”

“我们到了，艾普丽尔！我们到了！”爸爸目不转睛地说道，“我们的愿望实现了。”

爸爸指着前方某个位置，可是，那里除了飞溅的浪花和汹涌的波涛，艾普丽尔什么也没看到，她只觉得他们闯入了一个宇宙禁区。

“它是不是很漂亮？”

熊岛终于进入视野，那种感觉就像转动双筒望远镜的调焦轮，突然间，眼前一切都清晰起来。

“熊岛。”爸爸沙哑的声音里充满了敬畏和惊叹。

03

时间的馈赠

“这就是熊岛。”爸爸站在寒风横扫过的海滩上，身边全是行李和板条箱。他环顾四周，问道：“你觉得怎么样？”

艾普丽尔的嘴唇上有海水的味道，她的睫毛上挂着雪花。浓厚的湿雾笼罩着熊岛，她几乎什么也看不见，但这些无法阻止她的内心掀起波澜。他们成功到达了熊岛。

确切地说，他们到达了北极圈。

艾普丽尔觉得自己仿佛穿越了地球边境的一道无形界线。相比家乡的公园、树篱和绿色肥沃的土地，这里光秃秃的，唯一可见的野生生命就是那些从雪地里探出头的墨绿色荆豆。熊岛远处，隐隐约约能看到三座高大陡峭的花岗岩山峰，它们像阶梯一样直抵天空。

然而，艾普丽尔最大的感受是寒冷。那是一种能穿透衣服的冷，让人由内而外地发抖，让人渴望有个热水瓶取暖。

“怎么样？”爸爸又问道。

艾普丽尔拿起身边的一个板条箱，抬头望向天空。她伸出舌头想接住雪花。“我们一起来找答案吧！”

艾普丽尔和爸爸花了好几个小时，用手拉雪橇将他们的物品运送到半英里[1]远的内陆新家。那是两座木屋，一座用来休息睡觉，另一座稍大些，爸爸可以在那里进行他的气象学研究。

两座木屋看起来像挪威式房屋。艾普丽尔见过挪威风格的房子，它们有尖尖的屋顶和刷过油漆的木板条门窗，还有神奇的童话故事轻声讲述着它们的过去。唯一有些煞风景的就是屋旁那台为他们提供电源的发电机。

用来休息睡觉的木屋是平层的。从最外面的那道门进去有一个小走廊，供他们脱下外套和围巾，阻挡门外冰冷刺骨的空气进入房间。往里走是一扇内门，通向一个长方形的房间。屋内有高高的拱形天花板、炉火和两个旧沙发。房间一角有个窄书架，上面有几本翻旧的图书和一部紧急情况下才能使用的卫星电话。角落对面是小厨房，再往里，是一间干

[1] 英里：1 英里约合 1.6 公里，半英里约合 0.8 公里。

燥的储藏室。储藏室的货架上塞满了罐头和足够维持六个月的食品。

客厅内四处散落着前住户留下的东西：一个装着烟头的烟灰缸、一只红色手套、一些废纸和一支旧圆珠笔。

但真正吸引艾普丽尔眼球的是贴在墙上的熊岛地图。在世界地图上，熊岛不过是一个小墨点，位于挪威和北极斯瓦尔巴群岛之间。（虽然熊岛是群岛的一部分，但它远离其他岛屿，几乎就算是另外一个地方了。）熊岛太小了，除非知道它的位置，否则你很难在世界地图上看到它。对此，艾普丽尔深有体会。在她身边，许多人也这么忽略她。

尽管艾普丽尔早已了解熊岛的地理信息，但她还是凑近地图仔细查看熊岛的大小。整座岛从北至南大约十二英里长，宽约十英里。岛的北部是山区，南部主要是低地平原。南部的红色标志就是气象站。这里如同宝库，有海湾，有海滩，有内陆湖，当然，还有她在海滩上看到的那三座山——所有这些都等待她在未来的六个月里去发现和探究。即使真的没有北极熊，也会有北极狐和无数的珍稀海鸟，甚至可能还有迁徙的鲸鱼。也许，在这里，艾普丽尔最大的收获就是能和爸爸朝夕相伴。

“爸爸！我们可以一起做的事有好多啊！”艾普丽尔气喘吁吁地说，“明天我们能不能一起到山上坐雪橇？”

艾普丽尔以为爸爸还在房间里，她转过身才发现，屋里只回响着她自己的声音。她在失望中无奈地望向窗外，看见爸爸走进气象小屋，然后，关上了门。

艾普丽尔深深地叹了一口气，温暖的呼吸在窗户上凝结成雾蒙蒙的水汽。这只是第一天，她严厉地对自己说，最重要的事是爸爸安排好他的工作。真的没有必要不高兴，因为他们还有整整六个月的时间，他们整个夏天都会在一起。于是，艾普丽尔擦去玻璃上的水汽，耸了耸肩膀，她决定先打开行李。

一个小时过去了。艾普丽尔窝在沙发里打盹，她没有听到爸爸回来的声音。这时，一声沙哑的咳嗽传来，艾普丽尔睁开眼睛，看见爸爸站在一旁，目光深邃地注视着自己。

“爸爸！”

爸爸伸手理了理自己乱糟糟的头发，又清了清嗓子，然后将一个包装整齐的礼物递到艾普丽尔手中。

艾普丽尔没感到很惊喜，因为爸爸总是在她意想不到的时候送她礼物。这种情况大致都发生在爸爸粗心忘记了艾普丽尔的生日之后，他想做一些弥补。艾普丽尔打开礼物，看到了一块月光银色的薄款手表。

“我知道……”爸爸小心翼翼地喃喃道，“我知道这里除了我们俩就没其他人了，我清楚来这里是一个不同寻常的转折，也许没人会赞同这样的做法。至少你奶奶是不同意的。”

艾普丽尔勉强地咧嘴笑了笑，她想起了在机场时流下的眼泪。

“但是，”他继续说道，“这样的地方有很多奇迹。几百年来，它吸引着世界各地的人们来到这里。有些是为了科学，有些是为了发现，还有一些人，他们连自己来这里的原因都说不清楚。”爸爸咽了咽口水，此刻的他看上去竟像他的书，显得那么单薄瘦弱。“我想寻找我很久以前丢失的东西——也许，这就是我也来这里的原因。”

正当他准备继续往下说时，他的声音突然有些发哑。“Friluftsliv，”他说出这个词，艾普丽尔困惑地看着他，“英语是一种非常有用的语言，但有时候，它很难表现某种经历，或描述某些人。Friluftsliv 是挪威语，意思是享受户外活动。字面意思是‘露天生活’。”爸爸的表情柔和起来：“这个词让我想到你……你能在花园里待那么长的时间。我有时从书房窗户看着你，我……我发誓，我看到了你妈妈。”

艾普丽尔点点头，她的胸口似乎憋着一口气。她不知道爸爸有时会观察她，一想到这，她的胃就翻江倒海。

“你妈妈也很喜欢动物，尤其是那些野生动物。她和动物们的那种亲近非常少见。”爸爸说，“她甚至还说动物们会说话，可大多数人类早已忘记如何倾听了。这就是你的妈妈。她……和其他人不同。总之，我想说的是她一定会喜欢来这样的地方。这块表是你妈妈的，我想，这就当是你妈妈也和我们一起来了吧。”

“Friluftsliv。”艾普丽尔轻轻地重复着。这个词听上去就像美人鱼、魔法森林，或是其他魔幻缥缈的东西。

艾普丽尔对妈妈的记忆是模糊的。但有件事她却记得很清楚：妈妈用一个鲜红的茶壶煮热巧克力，然后他们三人围坐在艾普丽尔的床边，一边喝巧克力，一边吃奶油夹心蛋糕，盛蛋糕的纸盘还是菊花形状的。那些日子，家里充满了欢笑声，没有一丝悲伤，爸爸总会在晚上亲吻艾普丽尔，和她道晚安。爸爸妈妈不讲睡前故事，他们轮流着给艾普丽尔讲世界上的各种动物：非洲草原上悠闲散步的象群，亚洲山林里罕见的西伯利亚虎，南极大陆上互相拥挤取暖、共度漫长寒冬的华艳帝企鹅，还有许多奇特罕见的动物——比如全身长满鳞片的穿山甲，看上去就像是用某种东西编织出来的。在爸爸妈妈温暖的声音中，艾普丽尔带着微笑进入梦乡，梦中她看到了地球上许许多多的奇迹。

来到熊岛的这些日子，爸爸很少谈起妈妈，更别说睡前讲故事了。所以，当爸爸把妈妈的手表当作礼物送给艾普丽尔时，艾普丽尔感觉到一只温暖舒适的手护住了她的心。

“Friluftsliv。”她又说了一遍，声音有些哽咽。

过了好一会儿，她才想起来看手表上的时间。

表盘显示晚上 11 点。

艾普丽尔抬起头，爸爸已经回到自己的卧室。屋里响起了莫扎特的音乐，那是一首缓慢的华尔兹，也是爸爸妈妈婚礼上播放的音乐之一。艾普丽尔从不相信，这首音乐在妈妈去世后还能让爸爸快乐起来。

艾普丽尔有些无所事事，于是回到自己的卧室。她用力推开了窗户，屋外的强冷空气撞击进来，瞬间让她觉得肺部疼痛。爸爸说，即便是在盛夏，这里的气温也几乎不会超过零度。艾普丽尔很高兴他们随身带了很多衣服。窗外，头顶上方的雾气已经散去，留下一片斑驳的蓝色天空。她惊讶地眯起眼睛环视着。尽管太阳已经降到地平线上了，但外面却和中午时分一样明亮，完全没有日落的迹象。隔壁房间的莫扎特唱片正忧郁地播放着，一声轻轻的、带着满足的叹息从艾普丽尔的嘴里溜了出来。这是漫长的一天，他们走过了许多地方，但艾普丽尔并不觉得累。相反，她满心急切，按捺不住。她真正想做的事是到外面去。

艾普丽尔的目光扫过远处的山峰。狂野的海洋在左边，眼前的平地被雪覆盖着，伸向远方。接着，她又多看了两眼。地平线上，在太阳的映衬下，一个剪影在移动。它的速度非常快，一眨眼就不见了，艾普丽尔几乎错过了它。那是一个高大的、大步奔跑的、令人意想不到的东西。

它会不会是……？

艾普丽尔眨了眨眼。不管它是什么，现在已经不见了。

但艾普丽尔肯定，她刚才看到了一只北极熊。

04

探 险

“我要去探险了。”艾普丽尔认真地告诉爸爸。

这是他们在熊岛真正意义上的第一天。整个上午，艾普丽尔都在等着爸爸说出去散步或冒险之类的。可是，都到了午餐时间，艾普丽尔也没有等到。她再也不想玩手指了。她套上防水雪地靴，戴上红色的帽子和手套，有意朝爸爸的方向看了一眼。

“嗯？”爸爸正全神贯注地处理上一任研究员留下的工作，没有察觉到艾普丽尔那一眼的分量，“我要着手测量这些气温了。你去吧，不用管我。”他的四周全是重要的日志。他朝艾普丽尔的方向挥了挥手，意思是说他不介意艾普丽尔做什么，只要别打搅他就可以了。

“您真的不想和我一起去吗？”艾普丽尔的鼻子紧贴着窗

玻璃，“外面看起来……太美了。”

“改天吧，艾普丽尔。”爸爸甚至都没有抬头，回答道，“要不等我不太忙的时候吧。这里的工作比我预计的要多得多。”

艾普丽尔不情愿地回头看了一眼便走了出去。太阳高高地挂在天上，照射得雪地泛出星辰般的光芒。然而，猛烈的寒冷还是让艾普丽尔感到惊讶。冷空气钻入她的防水外套，爬过皮肤，渗进骨头里。但尽管寒冷，或许正因为这种寒冷，空气显得很干净。那种感觉让她想起刚洗过的床单，又像暴风雨后海边的味道。

空气实在太好闻了，艾普丽尔都想喝上几口。

她深吸了一口气，朝着那个方向走去，她觉得自己看到的北极熊就出现在那里。常识告诉她，地球的这一区域存在着奇异的光现象，她看到的不过是光影玩的把戏而已。然而，这并没有阻止她去探个究竟。

可能很多小孩会害怕在荒岛遇见北极熊，但艾普丽尔不会。她甚至连害怕的念头都没有。事实上，她的感受正好相反——她内心闪烁着兴奋的光芒，仿佛身上洒满了星光亮片。这就是妈妈曾经总说起的广袤世界，而此刻，艾普丽尔正身临其境。

但是，大约走了一个小时以后，艾普丽尔有些喘不过气来，她的希望开始一点点瓦解。尽管地势平坦，她还是一次又一次陷进难以预估的深雪坑中，雪地靴都很难拔出来了。她穿着保暖衣，一件薄棉毛衣，一件羊毛衫和一条蓝色的防水裤。按要求防水裤是她和爸爸都要穿的。除此之外，她还穿着她的红色防水外套和一双崭新的彩虹条纹雪地靴。可就是这样，她的袜子还是湿透了，她的鼻子冻得通红，两眼被寒风吹得泪汪汪的。

“喂！”她的声音在空旷的雪地上听起来有些尖细，显得很奇怪，“有人吗？！”

她竖起耳朵，只听见雪花轻柔的飘落声和远处的海浪声。

这里不像家乡。在家的时候，到处都是车辆的行驶声，飞机的隆隆声，发动机的轰鸣声和汽油味；数不清的人在街上匆忙赶路。这里也不像奶奶的农场。奶奶的农场里，苹果树上挂满了熟透的苹果，树叶在微风中沙沙作响，空气中弥散着烤面包的香味，远处碧蓝色的海湾传来小孩儿们的嬉闹声。

这里的一切都很安静，没有受到人类的影响。艾普丽尔仿佛不经意闯入了一张风景照片中。她看见海鸥在鸣叫，还有许多她不认识的海鸟，除此之外，唯一的生命痕迹就是她留在雪地里的脚印。她凝望着身后那串脚印，就像撒在地上的面包屑。这是一个空旷的地方。如果没有人同行，你在这里会感到非常孤独。也许，之前小托警告过她的就是这件事吧。这是一种行走在地球边缘的感觉，好像她一抬头，就能看到另外一个世界。

她又坚持走了两个小时，最后，她实在太冷，走不动了。她感觉鼻子都快冻掉了。她一直睁大眼睛寻找任何一丝北极熊的痕迹——比如北极熊的粪便，被北极熊猎杀的海豹，或者北极熊的爪印等。她想寻找到证据来证明头天晚上她看到的就是北极熊。

可是，她没有发现北极熊的任何踪迹。

“这里为什么叫熊岛？”那天晚上吃饭的时候，艾普丽尔问爸爸。她回到家后，就一直守在炉火旁取暖。“如果这里没有北极熊，为什么要叫熊岛？”

爸爸终于放下手头的工作，和艾普丽尔并排坐到沙发上，一起吃罐头晚餐。虽说这是在熊岛的第一天，但他们俩已经默默达成协议：吃饭时，盘子、碗什么的都不是必需品。

爸爸将炖牛肉罐头放到地上，转过身看着艾普丽尔，回答道："因为很久以前，这座岛上到处都是熊。"

"所以，叫'熊岛'就是因为岛上有熊，对吧？"艾普丽尔很开心，爸爸终于专心关注她了，"我还以为这个名字是人们编造的呢。"

"不是编造的，是真的。"爸爸看上去很高兴能和艾普丽尔分享自己的知识，"这要追溯到1596年，有记录记载，当时这座岛上发生了第一起猎杀北极熊的事件。人们和熊搏斗了两个多小时，才最终将熊杀死。从那以后，人们就称这座岛是'熊岛'了。"

"两个小时？"艾普丽尔一阵心痛，"可怜的熊。"

"那时候就是这样的。"

艾普丽尔不禁皱起眉头："那么，后来没有熊了，是因为人们把熊都杀了吗？"

"这是一个原因。"爸爸回答，"另一个原因是冰盖。"

艾普丽尔知道，一些冰盖在冬天形成，然后在夏天融化，它们就像漂浮在水面上的冰块拼图。艾普丽尔还知道，以前冰盖的数量比现在要多很多。可她不知道冰盖的变化会对熊岛产生什么影响。

"以前冰盖可以往南延伸到这里。"爸爸解释道。

“也就是说，以前北极熊们可以在冬天来到这座岛上？”

“正是如此。”爸爸回答，“北极熊是海洋哺乳类动物，冰盖对于它们如同狩猎场，它们利用冰盖捕捉海豹。但现在，冰盖开始逐渐融化，这就意味着它们不能像从前那样到远处捕食。就是这个原因，北极熊的数量正在下降。”

艾普丽尔思考着，她的晚餐是一盒鹰嘴豆，她很自豪自己已经吃了两年多的素食了。“要是这里的冰盖正在融化……”

“已经融化了。”爸爸纠正艾普丽尔。

“已经融化了。”艾普丽尔更正道，“要是这里的冰盖已经融化了，是不是北极熊就再也不可能到熊岛上来了？”

“如果没有冰盖，它们就不可能来熊岛。离这儿最近的北极熊群在斯瓦尔巴群岛，大约有二百五十英里。以前，北极熊借助冰盖可以来到这里，但现在，这个距离太远了，它们游不了那么远。”

“一只也没有？”艾普丽尔小声问道，她在脑海里想象着那只熊。

“一只也没有。”

05

海象湾

接下来的几个星期，艾普丽尔和爸爸两人的生活过得非常有规律。这并不是艾普丽尔想要的节奏，不过这种节奏至少是熟悉的。天没亮，爸爸起床后就不见了踪影。他去工作了。要知道，在熊岛工作不需要横穿全城的通勤时间，步行三十秒就能到达气象小屋。可是，监测气温是一项几乎全天候的工作，爸爸直到晚饭后才会再次出现。

艾普丽尔一直心存希望，也许有一天爸爸会对她说，带她去滑雪橇，或者堆雪人，再或者一起去散步。但时间一天天过去，希望变得越来越渺茫。她不止一次在无意中听见爸爸嘟囔工作太多。有时，压力太大，爸爸就容易发脾气。爸爸发脾气不是有意的，时间也不长，但气氛很紧张。艾普丽尔就在一旁小心地观察着，避免万一爸爸发火冲着她来。有一次，气氛紧张了一整天，艾普丽尔甚至都提议分担一点爸爸的工作，结果被爸爸大声吼了回去，说这不是小女孩做的事。就这样，艾普丽尔有了一大把的空闲时间，这是她之前没想到的。

艾普丽尔每天是这样过的：

早上六点到七点：赖在被窝里，开始倒数，一直待到不得不起床。尽管现在已经是四月中旬了，但在北极圈内，白天仍很寒冷。最糟糕的事是发现没有带拖鞋来。

早上七点：早餐时间。早餐通常是吃燕麦饼干。饼干涂上花生酱后就没那么难吃了。庆幸的是，艾普丽尔来的时候带了许多罐花生酱。不过，星期天的早上，她和爸爸的早餐就可以由着心意。她通常会吃巧克力饼干，喝一大杯热巧克力。

上午八点到十二点：上课时间，仅限星期一至星期五。

当然，艾普丽尔不是真上课。那怎么可能呢？只是因为爸爸答应了艾普丽尔的老师，说他会给艾普丽尔上课，所以，他带来了六本大百科全书，计划每个月给艾普丽尔讲一本。这多半不是老师心里想的那种上课。不过，尽管大百科全书的字很小，还一股灰尘味，但书里的动物图片非常漂亮。最重要的是，这些书让艾普丽尔知道了地球上的这个地区，而此刻，她正在这里。

艾普丽尔通过这样的学习方式，懂得了 Arctic（北极）这个词来自希腊词 arktos，意思是 bear（熊）。她还发现，北极圈并不是一个圈，它更像一条看不见的线，环绕着地球的北端，穿过许多国家，有挪威、俄罗斯、芬兰、加拿大和美国。全世界只有四百万人常年居住在北极，小托和他的爸爸就在其中。每当学到这些地方，艾普丽尔就想和小托聊天，问他那些大百科全书没有回答的问题。虽然小托给了她电话号码，但艾普丽尔觉得那部卫星电话不是用来聊这些的，比如，萨米人[1]描述冰雪的词汇是不是有一百八十种。

中午十二点：午餐时间。艾普丽尔通常热一罐番茄汤，再吃几块燕麦饼干。她把爸爸的汤送到气象小屋，她已经习惯这样称呼那座木屋了。然后，她把汤放在爸爸身边，以免打扰他工作。

中午十二点半到晚些时候：寻找北极熊。

不管爸爸怎么说，艾普丽尔都不相信这里没有北极熊。另外，爸爸那么忙，艾普丽尔正好有事可做。所以，她拿着

[1] 萨米人：北欧民族之一。主要分布在挪威、瑞典、芬兰和俄罗斯境内的北极地区。

一副望远镜和一个指南针，蹬上彩虹雪地靴，戴上帽子和手套，再套上一层又一层的衣服，每天下午出去寻找北极熊。

日子一天天过去，地上的雪开始慢慢融化。用不了多久，艾普丽尔就无法跟随自己的脚印辨识方向了。好在爸爸教会了她怎样使用指南针——只要她将指南针指向南方，就能找到回木屋的路。爸爸给艾普丽尔唯一的提醒就是不能离海边太近，以免被狂浪卷进海里。北极的海水极其冰冷，短短几分钟内就能将她冻死。

除了这点，艾普丽尔就可以自由自在做自己喜欢的事。

当然，她严守自己的秘密行动。她知道，爸爸一定会说北极熊非常危险，而且可能喜欢吃像艾普丽尔这样的女孩。但这些都无法阻止她去寻找北极熊。

“你在哪儿？”艾普丽尔大声喊道，“你藏在什么地方？”

艾普丽尔几乎又花了一个星期的时间到处寻找。

这期间，她也不得不适应这样一个事实：爸爸和她是岛上仅有的两个人，但和爸爸在一起时，她觉得还不如自己一个人待着好。尽管如此，熊岛开始有了家的感觉，一个非同寻常的家。熊岛有一种独特的神秘力量，不知不觉中，家乡城市生活里的各种声响，比如回声和噪声逐渐消失了。那些高大深色的房屋在记忆中变得模糊起来。甚至，连奶奶在海边的家也开始失去了色彩。而学校更是快成为被她忘记的地方了——不得不承认，这挺容易做到的。这里是一个全新的世界，就像生活在一个神奇的故事世界里，这是艾普丽尔从未有过的体验。

随着积雪一天一天融化，她发现了内陆湖泊。有些湖里的水和海水一样碧蓝。她越过潺潺的小溪，看着它们从白雪皑皑的山顶蜿蜒而下，奔向大海。她仰面躺在地上，望着空中无数的海鸟飞过，像一道壮丽的白色拱门。还有一次，她看见一只北极狐独自静静地伫立在远处，浑身皮毛闪耀着白色天鹅绒般的光芒。熊岛的魔力围绕着艾普丽尔，让她惊讶得屏住了呼吸。

现在，她要做的就是找到她的北极熊。

“你是公熊，对不对？”她大声喊道，“我知道你是公熊。我不知道为什么我知道，但我就是知道。”

艾普丽尔有时能感觉到，那只熊就在不远处看着她。那种感觉很模糊，像是第六感，让她觉得自己并不孤单。然而，每当她猛地抬起头环顾四周，除了阳光、山峰和翻涛卷浪，别的什么都没有。

艾普丽尔已经寻遍了半个熊岛。这天下午，她打算去一个位于海象湾的旧捕鲸站看看。许多年前，人们曾想在那里生活，却没有成功——艾普丽尔很庆幸是这样的结果。她途经了几个水面亮闪闪的内陆湖泊，然后朝三座山的方向走去。

在地图上，海象湾看起来并不远，可实际上，走到那里所花的时间比艾普丽尔想象的要多得多。走了差不多三个小时后，她准备返回了。虽说要到了午夜时分，天才会黑下来，但她不想太晚回去。熊岛上有一种雾，经常在下午茶时间出现，像幽灵一样附着在岛上，使这里的光线变成阴森森的黄色。

就在这时，她听到了一个声音。

艾普丽尔警觉地抬起头。她从没听过这样的声音，无论是在熊岛还是在家乡。那不是人类的声音。它让艾普丽尔想起了什么，可不管她怎么使劲想也回忆不起来。艾普丽尔站在那里，一动不动，她的呼吸像烟雾一样飘散开去。那个声音停止了，她深深地松了一口气。谁都不想多听那个声音，低沉的喉音令艾普丽尔头皮发紧。但就在她觉得那声音消失了的时候，它又再次响起。这次，声音更大了。

艾普丽尔感到一阵窒息，她想起来了：大约三年前，一只狐狸的爪子被生锈的罐头盒卡住，怎么也拽不出来。那声音是动物在痛苦中发出的可怕的、撕心裂肺的声音。

“啊，不。”艾普丽尔心头一紧。她现在不能往回走了。当有动物可能需要她的帮助时，她不能回去。当这里除了她，没有别人能帮助那个动物时，她不能回去。她跌跌撞撞往前跑了几百米，呼吸急促，喉咙发紧，胸口灼热。最后，她来到了海象湾。

她摇摇晃晃地停了下来。

雾，悄无声息地、缓慢地沿着地面蔓延开来。一个防波堤伸入海湾，因为弃用时间太长，现在只剩下一串松散腐烂的板条。附近还有一个小木屋，门半吊在合页上，窗户早已坏了。岸边有一艘废弃的旧渔船，旁边是一堆生锈的铁链。在毛骨悚然的雾色中，这一切看上去就像鬼片里的东西。

此时，那个声音又响了起来。

声音更近了。这一次，它听上去更加猛烈，响亮，吓人。艾普丽尔的脊背一阵发凉。这一刻，即便她想跑，也跑不动了。她的脚底像生了根，每根神经都像通了电流般嗡嗡作响。时间仿佛突然冻僵，又像是慢了下来。空气冷冽而凝固。风停了。甚至连大海也屏住了呼吸。

艾普丽尔知道，只要她抬起头，她的生活就不再是以前的模样了。这一瞬间将以某种方式改变她。也许，永久改变她。

她缓缓抬起头。

海滩对面，大约五十米远的地方，站着一个她前所未见的宏伟动物。

06

伤痛

它竖立后腿站在那里，仿佛一匹耀眼的白马扬起前蹄冲向天空。它自信地高抬着下巴，没有一丝痛苦的表情。其实，它知道自己很雄壮，它的站姿已显露出了它的气魄。

它的肌肉那么结实，那么强悍有力。艾普丽尔在震惊中捂住了嘴，唯恐发出惊叫声。

“真不敢相信呀。”艾普丽尔轻声感叹道。不知不觉中，一滴眼泪顺着她的脸颊滑了下来。流泪并非难过，此刻，只有流泪才能释放她内心的感受。她时常如此，好比看到亚马孙森林被破坏的新闻，她会生气地尖叫；读到书中伤感的情节，她就想唱首傻乎乎的歌曲；或者听了几首爸爸放的音乐，她就抑制不住内心的情感而想跳舞。

现在，她的畏惧变成了好奇，好奇又转为了喜悦。这些感受像奶昔般混合在一起，让她有些目眩头晕。她露出了笑容，心想，小托错了。她真希望小托此时也在这里，这样，他就能亲眼看到那只熊了。

“我知道自己不是在幻想。”她终于开口对熊说话了，“那天晚上，我真的看见你了。你是一只真正的熊。”

尽管熊和艾普丽尔相距很远，但熊还是竖起了耳朵，好像它能听到说话声。艾普丽尔觉得熊的听力比自己的好，因为熊的耳朵比自己的大很多。熊嗅了嗅空气，它的黑色鼻子在寒冷潮湿的雾霭中抽动着。然后，它缓慢转过身来，隔着沙滩，与艾普丽尔的目光相遇了。

艾普丽尔猛地想起自己肩上还挎着一副双筒望远镜。她连忙用冰冷的、湿漉漉的手指把望远镜从套子里拿出来，紧紧贴在脸上。一开始，她什么也没看见，眼前只有一团模糊的影子。然后，她来回转动调焦轮，渐渐地，熊的身影开始聚焦，变得清晰起来。

“啊，你太美了。”艾普丽尔长舒一口气，感叹着，“你是我见过的最美的动物。你看，你就像……”她想找一个词来形容，却哼出一段爸爸喜欢的音乐。这旋律让艾普丽尔想到了喷发的火山、猛烈的风雨和汹涌的浪涛。“对，你就是那样的。”她很确定。

就在这时，熊张开大嘴，发出了浑厚的吼叫声。虽然熊离她很远，但艾普丽尔仍能感受到吼声的力量，感受到熊的声音从空中无形穿过，仿佛进入另一个平行宇宙中，就像膜宇宙理论说的那样。震耳欲聋的吼声让艾普丽尔不禁牙齿打战，手里的双筒望远镜掉到了脚上。

熊是美的，但也是令人恐惧的。它的雄伟浑然天成，毫无雕饰。艾普丽尔吸着气，感觉肋骨紧紧地挤压着胸口。

熊朝着艾普丽尔的方向迈出了踉跄的一步。艾普丽尔情不自禁地低声啜泣起来，一股灼烧的感觉传到她的神经末端，她的呼吸变得急促，气息哽咽在喉。要是它靠近该怎么办？要是它攻击该怎么办？就在这时，熊突然停了下来。它在沙滩另一头保持着警惕的姿态。显然，它很警觉艾普丽尔，如同艾普丽尔警觉它。艾普丽尔颤抖着深深地松了一口气。

艾普丽尔拾起望远镜朝熊望过去。她咬着嘴唇，担心得要命，因为熊看上去太瘦了。她甚至都能看到它的皮毛下凸起的肋骨。它身上的毛原本应该光泽顺滑，而不是像现在这样缠绕在一起。

熊的脸也十分瘦削，但不是那种天生可怕的瘦，而是因为饥饿和绝望导致的皮包骨。

“哦，可怜的家伙啊，”艾普丽尔喃喃道，“你太饿了。”

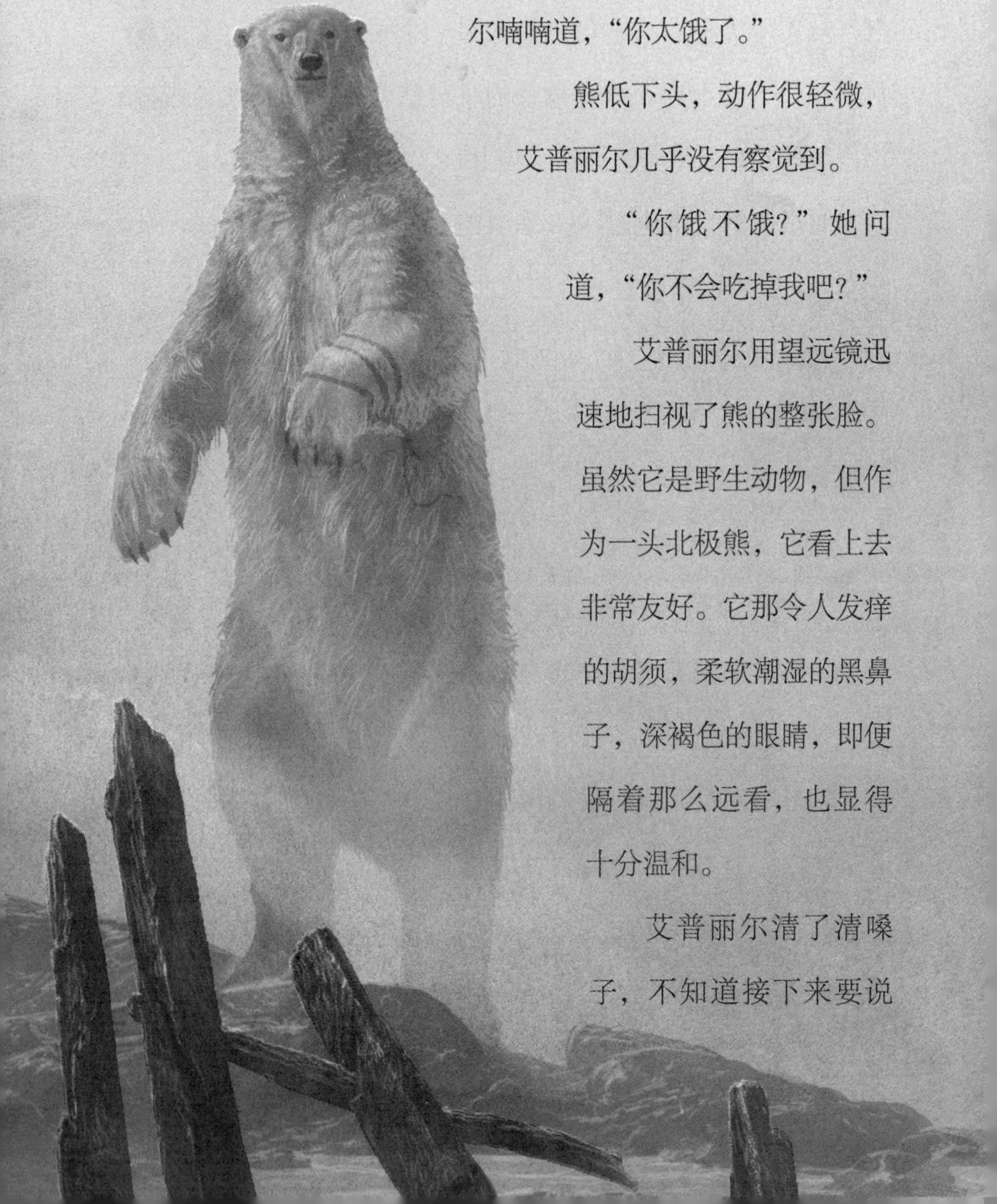

熊低下头，动作很轻微，艾普丽尔几乎没有察觉到。

“你饿不饿？”她问道，“你不会吃掉我吧？”

艾普丽尔用望远镜迅速地扫视了熊的整张脸。虽然它是野生动物，但作为一头北极熊，它看上去非常友好。它那令人发痒的胡须，柔软潮湿的黑鼻子，深褐色的眼睛，即便隔着那么远看，也显得十分温和。

艾普丽尔清了清嗓子，不知道接下来要说

什么。

“我叫艾普丽尔。”她这样开始道，“艾普丽尔·伍德。我 11 岁了。我喜欢喝热巧克力，最喜欢上面放了棉花糖的那种。我现在和我爸爸在一起，他要在这里测量六个月的气温。他说这座岛上已经没有北极熊了，但我知道，我来这里的第一个晚上，我真的看到你了。你为什么要冒险靠近木屋呢？也许……”

艾普丽尔停了下来，一个念头从她脑中闪过：“也许你想让我们看到你，是吗？可是，你为什么要这样做呢？”

透过双筒望远镜，艾普丽尔疑惑地看着熊。当她打量完熊的全身，她才发现——

“天哪！”她惊恐地叫出声来，“你这是怎么啦？”

熊的左前爪被东西缠得紧紧的。那东西看上去像是蓝色塑料。熊将爪子举起来凑到嘴边，用锋利的长牙撕咬着。它一边低声咆哮，一边想把那东西拽下来，但无济于事。它的爪子肿得有原来的两倍大，那块塑料裹得太紧了，根本拽不下来。熊一直低垂着头，看上去那么脆弱，那么可怜。艾普丽尔本能地想冲过去给它一个大大的、紧紧的拥抱，虽然她清楚那样做有多危险。

“一定很痛吧。”艾普丽尔低声说道。她很想帮助熊。可是，让一只海鸥落在手上和靠近一头北极熊，这是两件截然不同的事。艾普丽尔认真地咕哝着：“要不我找个锋利的东西给你，你自己把爪子弄出来吧？”

她觉得这个想法不怎么聪明，可是，总比什么都不做要强啊。她在沙滩上仔细地翻找着，想找到任何能帮助熊的东西。她也的确找到了一块碎玻璃，绿得像美人鱼的尾巴，可是，玻璃早已被海水冲刷得没有了棱角。她还找了一些被海水冲上岸的废弃物，那些都是来自遥远陆地和海域的垃圾，有缠绕打结的破渔网、漂浮的木头，甚至还有塑料瓶——艾普丽尔忍受不住，也大声吼叫了起来。还有一些东西是艾普丽尔认不出来的。但唯独没有她想要的锋利的东西。可即便找到了又能怎样呢？熊没有办法营救自己，否则，它早就把自己救出来了。

“什么也帮不上。”最终，艾普丽尔心灰意冷地说道。她的声音透着挫败感，在大风吹扫的海湾中回荡。艾普丽尔感受到熊的目光落在她身上，她从来没有像现在这样感到自己如此渺小和无用。她又能做什么呢？太阳落得更低了。天已经晚了。她不能再独自待在屋外了。

“对不起，我现在要走了。”

艾普丽尔又看了看落日，太阳都快碰到海平面了。她把目光转回熊。熊的头沮丧地低垂在爪子上，它的身影流露出悲伤。艾普丽尔猛地一转念。

“我会回来的。”她小声说道，“我发誓。”

这时，熊抬起了头，发出一声长长的吼叫。

07

艾普丽尔的决定

这只熊怎么会出现在岛上？它到底在这里待了多久？为什么之前的气象学家没有发现它？这些问题困扰着艾普丽尔，她沮丧地敲了敲锅。晚餐时间到了，她不禁想到那只可怜的熊看上去好饿。它受伤的爪子一定让它无法捕食。它今晚吃什么呢？她又能为熊做点什么呢？

就在艾普丽尔绞尽脑汁的时候，爸爸大声打着哈欠走进了客厅。他把口袋里的东西都掏了出来：茴香糖的包装纸，一支被啃烂的笔，一张手帕和一把瑞士军刀，它们哗啦啦地落在硬桌面上。艾普丽尔不明白为什么爸爸总随身带着瑞士军刀，他只用它来剪脚趾甲。

艾普丽尔正要将豆子倒进锅里，突然，她的手停住了。

瑞士军刀。

如果她用瑞士军刀去弄掉那个塑料东西呢?

艾普丽尔一直等着爸爸离开，看着他去读一天里他最后要读的东西。然后，艾普丽尔拿起瑞士军刀，试探着握在手中。她只用刀切过苹果和胡萝卜之类的东西，但……

她的想法开始动摇了。尽管她之前用过刀，但她从没有在一只北极熊身上试过，也从没有对任何一个会危及她生命的动物用过刀。

这天夜里，艾普丽尔几乎没有睡着，她的脑子里一直回响着小托在船上的警告。小托是对的。这里的动物和家乡那边的动物不同，它们完全在荒野中出生成长，和人类没有任何接触。即便是北极狐，也和家里后花园的狐狸完全不同。地球上的这片地方非常危险。

艾普丽尔翻来覆去难以入睡，心情起起伏伏。第二天一早，她醒后便一蹬腿从床上跳起来，做深呼吸，挺起双肩。

这件事在她的内心深处只有一个选择。那就是，她要带上爸爸的瑞士军刀去解救熊。

因为，如果她不这样做，还有谁会这样做呢?

午餐时间到了，艾普丽尔很快就为爸爸热好了一罐蔬菜通心粉汤，然后送到了气象小屋。

“哦……谢谢艾普丽尔。”爸爸抬起头，心不在焉地说，“已经到吃午饭的时候了？”

艾普丽尔点点头，说道：“我还给您带了这些。”她将一把茴香糖放到桌子上。爸爸带到熊岛上的茴香糖足够他吃半年的，但他还是每天给自己限量三颗。

就在爸爸忙着剥开糖纸的工夫，艾普丽尔迅速地从他的外衣口袋里拿出那把瑞士军刀，飞快侧身出了门。她穿上外套和雪地靴，从储藏室里拿了一些燕麦饼干和一罐花生酱，然后出发了。

今天到海象湾的路程似乎没那么漫长，也许因为艾普丽尔非常清楚自己要去哪里，要去做什么——而仅仅只是想想这件事都已经让她激动得口干舌燥了。她壮起胆深吸了一口气，周围的空气凛冽纯净，仿佛大地是用松脆的可食用的透亮晶体做成的。她几乎觉得这座岛不仅知道她的行动，而且还支持她。

“快到了。”艾普丽尔喃喃自语。很快，她就来到了海象湾。她舒了一口气，不好意思地笑了。因为海象湾今天的日光清澈明亮，不像昨天那么吓人。那只熊昨天看上去大得令人恐惧。

不过，今天唯一的麻烦是没有见到熊的踪迹。艾普丽尔用望远镜察看了地平线上每一处能看到的地方——三座白雪封顶的大山，刚刚走过的不毛之地，还有冲上岸的破烂垃圾。接着，她又用望远镜扫视了一遍翻滚的灰色海浪。北极熊游泳能力很强，艾普丽尔当然比不过，她更喜欢爬树。但熊并没有在海水里。艾普丽尔开始冻得发抖，她不能再这样等下去了。她决定做点有用的事。

艾普丽尔以前经常在奶奶家附近的海滩上捡垃圾，这个习惯让她开始搜寻海象湾沙滩上的外来废品。最后，她总共拾到了形形色色二十六个软饮塑料瓶；七个生锈的罐头盒；一把黑色的梳子；一把粉红色的独角兽牙刷；一大堆蓝色的网，估计是用来捕鱼的；一辆奇怪的玩具车；还有一个装着半瓶威士忌的酒瓶。这些东西都是被变化无穷的洋流从很远很远的地方带来的。

"就这样吧。"她最后拿起一个瓶子码放在整齐的废品堆上，旁边是那艘倒置搁放的船。下次来的时候，她要带一个袋子，把这些垃圾都收起来。

不过也不能只做好事，艾普丽尔现在很饿了，她还是没发现北极熊的踪迹。虽说她带了燕麦饼干，但那是给熊的礼物，此刻她突然感到饥肠辘辘——这也难怪，她中午忘记给自己热汤了。她靠着船壳坐下来，把花生酱涂抹在饼干上，大口吃了起来。这时，她抬起头，下巴上粘着饼干屑。她发现自己并不孤单。

不到三米远的地方，站立着那只北极熊。

“哎呀！”艾普丽尔大吃一惊，花生酱罐掉到地上，一大块花生酱溅到了右脚靴子上，“你从哪里来的啊？”

熊瘦得厉害，让人心痛。但近距离看，它仍十分庞大，艾普丽尔从未见过这么大的动物，也许三个艾普丽尔加起来也没有它的体形大。所以，她要仰脖才能看到熊的全貌。

为了给自己壮胆，艾普丽尔加快了说话速度。“我是来帮你的。看，我带来了爸爸的刀。我以前没有真正用过刀，但我肯定这把刀能帮上忙。我要看看这把刀上哪一个工具最合适。这把刀有好多工具呢！居然还有一个开瓶器，不过这不能说明爸爸喝酒，因为他不喝酒的。自从那次车祸后，他就不再喝酒了。喝酒的是那个男孩，不是我爸爸。所以那个男孩没有看到我妈妈。可是一切都晚了。所以爸爸痛恨喝酒。”

艾普丽尔有些语无伦次，可不知为什么，她似乎停不下来。“没关系，你一定不想听这些。我刚刚把海滩清理了一下。你看到了吗？那些垃圾不应该在这里，不应该在熊岛上。我想人们可能都不知道有熊岛这样的地方吧。我以前就不知道。反正真实生活中我没见过。我是说，我只知道这样的地方在故事里才有，但那是两回事，对不对？我不知道地球上还有地方看起来是这样的。”

艾普丽尔一挥手，心想——我在说什么？难道我说的是这里的荒芜？说的是这里的空旷？她感觉自己根本就不在地球上，也不知为何，她像是跌进了一个更加粗陋、更加荒凉的姊妹星球。她无力地垂下双臂，费力地咽了咽口水。

她断定自己太紧张了。是啊，眼前站着一只吃人的北极熊，不紧张才怪。她不敢抬头。尽管和熊隔着三米远，她还是能感受到熊的呼吸喷到了她的脸上，这不是件好玩的事。她的胃一阵恶心翻滚，她想自己怕是要病了。

“别这样，艾普丽尔。”她低声对自己说，“振作起来。”然后，她挺起胸，深吸一口气，抬起头，直视着熊的双眼。

08

熊 熊

“你好。”艾普丽尔说道，她确保自己尽量不动。根据她以往和花园狐狸相处的经验，最糟糕的事就是尝试伸出手。动物可以走近你，而你却不能走近动物。要是你的耐心不够，它们要么跑掉，要么咬人，要么像现在这种情况，可能把人活生生地吃掉。

艾普丽尔觉得北极熊也一定如此。人和动物相处全凭信任，不管动物个头是大还是小。

这么一想，艾普丽尔索性手指交叉等待好运。如果有必要，等上整个白天都可以。但最好不要等到晚上，因为太晚了爸爸会担心。

“你已经知道我的名字了，所以我现在也要知道你的名字。”艾普丽尔温和地说道。她的声音总是那么轻柔，她早就懂得动物不喜欢大喊大叫的人。在这片荒野中，她让自己的声音听上去比以往更轻更柔，像飘落的雪花。“不过，这个时候给你起名字有些不合适，好像我在给小猫小狗起名。你可不是那只名叫‘勇敢的心’的狐狸，因为它住在我们那座城市中央，就在我家后花园里。你是完完全全的野生动物。而野生动物是不需要人类的名字的。可我总得有个名字称呼你吧，那么，我就叫你‘熊熊’吧。”

熊没有任何反应，但艾普丽尔相信它同意了。

“你喜欢我这么叫你，是不是，熊熊？”艾普丽尔说道，“你喜欢你的新名字，对不对？”

艾普丽尔发誓自己看到熊眯了眯它的巧克力颜色的双眼。艾普丽尔笑了：“那我就认为你同意啦。”

“我当然知道你不能和我说话。”艾普丽尔继续说道，“我们俩需要一种方法懂得对方，就像破译密码的人一样，我要弄清楚你给我的信号。”她满怀期待地等着熊的回应，任何回应都可以，比如鼻子晃一晃，或者耳朵动一动。可是，艾普丽尔盯着熊看了好一会儿，什么回应也没有等来。

“没关系。”艾普丽尔说道，“我知道你在听我说就可以了。我们就能继续交流。人们说动物不会说话，但我不那么认为。你知道我妈妈是怎么说的吗？她说，我们只要找到一种特别的说话方式就可以。”艾普丽尔下意识地看了一眼手表，好像期盼着妈妈像精灵一样从手表中走出来。

熊的耳朵动了动，但它没有靠近艾普丽尔。

“你不用害怕我。我不像那些成年人，我不会伤害你的。”艾普丽尔掩饰着自己的恐惧，说道，“我只是想帮助你。”

然而，不管艾普丽尔如何用她轻柔的声音安抚熊，熊都没有冒险靠近。艾普丽尔也小心地和熊保持着距离。于是，他们就在这样的僵局中苦苦地待了两个小时。

突然，艾普丽尔有了一个主意。

“熊熊，我给你带了一些燕麦饼干，我不太饿。我给饼干涂上一些花生酱，就像这样，我把它放在我面前。就在这里。放在这个小石头上。你能看见吗？如果你想吃，就随意吃。”

起初，熊没有反应。也许它不像艾普丽尔那样喜欢花生酱吧。然后，它的鼻子往前一探，便开始颤动起来。它大声嗅了嗅。艾普丽尔看到它的眼睛亮了起来。

“这是花生酱。”艾普丽尔说道，“饼干很松脆，这样吃最美味了。你会喜欢的。虽然饼干不是海豹或者其他动物，但是真的很好吃，尤其在你饿的时候。”

熊又闻了闻。它的脸上洋溢着渴望的神情，它的身体也随之开始颤抖。慢慢地，它试探着朝前迈了一步，又迈了一步，最终，它迈出了第三步。它的棕色眼睛一直没有离开过

艾普丽尔，然后，它把燕麦饼干全吞了下去。

“我就知道你会喜欢的！”

艾普丽尔一脸笑容，可就在这时，熊张开嘴，露出尖锐的牙齿，朝她扑了过来。死神凝视着艾普丽尔。艾普丽尔多么希望自己今天出门时和爸爸道过别。她紧闭双眼，手指交叉，祈祷熊不要吃光自己，这样至少她还能被埋葬。

然而，艾普丽尔的脑袋并没有被熊咬掉。突然间，她感到自己的右脚在动，好像有什么东西或人在使劲揉搓，就和做深层按摩一样。艾普丽尔的一只眼睁开一条缝，往下一瞧——刚才掉到右靴子上的那块花生酱，熊正用它那巨大的粉红色的舌头舔去最后一点残渣。那感觉就像猫在舔舐，但熊的力量却比猫大一万倍。

“熊熊！”艾普丽尔尖叫着，“花生酱已经被你舔光了！”

熊心满意足地舔了最后一口，接着坐了下来，眼睛直直地盯着艾普丽尔。它还龇着牙，舌头舔完嘴唇，又伸长到下巴处来回扫动，这让它看上去威风减了一大半。

“你还想吃，是吗？”

艾普丽尔轻轻地将剩下的燕麦饼干放在石头上，熊立刻就大口吃掉了。吃完后，它又抬起头，恳求地看着艾普丽尔。

“真的没有了！”艾普丽尔说，“很抱歉。”

熊的耳朵耷拉下来。艾普丽尔后悔自己没有多带一包饼干。现在，熊又往后退了几步，站在一个警觉的距离，看着艾普丽尔。尽管瑞士军刀就在她的衣兜里，也尽管熊还在忍受爪子肿胀引起的巨大疼痛，但艾普丽尔很清楚她不能再靠近熊了。除非，她有更多的食物。

“我明天再来。”她这么说，分不清是在宽慰自己，还是对自己感到失望。

第二天，艾普丽尔带来了十袋燕麦饼干和两罐花生酱。这一次，熊只用了一个小时，就开始靠近艾普丽尔，然后在安全的距离内，吃完了艾普丽尔为它准备的食物。第三天，熊靠近食物只用了半个小时。到了第四天，熊对艾普丽尔已经足够信任了，它仅仅只用了十分钟的时间。现在，艾普丽尔待在熊身旁，也感觉稍微平静一些了。熊没有表现出想吃掉她的意思，熊只对她带来的食物感兴趣。于是，到了第五天，熊似乎已经在等待艾普丽尔的到来，它蹒跚着走到了艾普丽尔面前。

艾普丽尔把食物放在她面前大约十步远的地方。然后，她平静地深吸了一口气。为了不让恐惧坏事，她没有片刻停顿，手指攥住了衣兜里的瑞士军刀。

“现在可以让我看看你的爪子吗？”

09

友谊

这是一只巨大的熊掌。北极熊的脚掌必须足够大，才能将身体的重量分散到冰面上。而熊熊的脚掌因为肿胀显得更大了。一块塑料缠住了它的脚掌，那是常见的六盒装罐头的包装袋，不过尺寸要大很多。塑料上面还绕着好些蓝色的渔网线，看上去乱七八糟的，熊熊根本不可能自己把它弄下来。

艾普丽尔镇定下来，身体一动不动。尽管不动，但她并不像雕塑；她的静止是柔和的，如水一般，这也正是她之前告诉小托的方法。她的呼吸很深很慢，气息一直沉到腹部。她的呼吸也很轻，轻到只能看见呼出的气在寒冷中凝成微小的水珠。她想象着脚踩的雪地靴是树根，连接着她和熊岛，那种感觉就像熊岛不时地与她相通相连。这么一想，艾普丽尔觉得自己变得不再像人，而更像熊了。

“我可以碰碰你的脚吗？”艾普丽尔轻声问。她可没那么笨，在没有征得野生动物允许的前提下就贸然去触摸。

熊熊吃完了饼干和花生酱，但它没有离去。它是知道艾普丽尔想帮它吗？还是说，它和艾普丽尔之间的信任足以让它觉得在艾普丽尔身边更安全？不管怎样，艾普丽尔一直盯着熊熊的脸。熊熊也目不转睛地盯着艾普丽尔看了好久。时间在不知不觉中过去了，周围的世界仿佛已不存在，这里只有他们俩，他们呼出的气息在寒冷中缓慢而持续地融合在了一起。

什么时候往前迈一步，这个问题不能按逻辑思考。这不是在下棋，这是要凭直觉去做的。艾普丽尔对此深信不疑。于是，她最终说服自己向熊熊迈出了一小步。

“看见了吧，”艾普丽尔说，“我不会伤害你的。”

她停顿了一会儿，然后小心翼翼地又迈出了一步。接着，再停顿，再迈出一步。每一步都让她离熊熊更近，最后，她和熊熊只有一步之遥了。他们俩离得那么近，艾普丽尔都能数清熊熊的黑色长胡须，感受到它那湿漉漉的鼻尖。

艾普丽尔的手指紧紧地攥着小刀。她的呼吸很冷静。她慢慢地把小刀从外套口袋里拿出来，举到眼前。

熊熊眨了眨眼睛，并没有后退。

“我想用这个来割断那块塑料。”艾普丽尔说道，“但你必须保证你不会伤害我。”

此刻，艾普丽尔离熊熊很近，她甚至能直视熊熊的眼睛。它的眼睛是浓浓的巧克力色，因为颜色太深，看上去像是黑的。就像每个人、每个动物的眼里都有故事，熊熊的眼睛也在讲述它的过去。它的双眼透露着饥饿和绝望。也许，还有孤独吧，艾普丽尔这么想，尽管她并不清楚这种想法是不是自己情感的投射。不过，最重要的是，熊熊的眼睛不像其他动物的眼睛那样敌视或凶残。艾普丽尔在熊熊的眼睛深处，看到了她想要的允许。

艾普丽尔平稳地吸了一口气，蹲下身来，脱掉手套，把手伸了出去。不一会儿，她便感受到熊熊的呼吸落到了她的脖颈后面，熊熊的牙齿就像悬在她头顶上的断头刀。艾普丽尔的手指犹豫地碰了碰熊熊的皮毛。

“啊！你摸起来好柔软！”

熊熊的皮毛就像一条温暖舒适的毯子，但散发着海水和荒野的味道。那块塑料勒得太深了，艾普丽尔的手指根本探不进去。当她碰到塑料勒进皮肉的地方，熊熊颤抖起来。

“哦，可怜的熊熊。”艾普丽尔说道，“让我把它切下来。”

即便用了瑞士军刀，艾普丽尔还是花了整整十分钟才割断所有的渔网线，然后她切开了塑料。整个过程中，她都小心翼翼避免伤到熊熊的皮肤。她觉得自己连眼睛都没眨过一下。最终，熊熊的脚掌自由了。

当最后一块塑料掉到地上时，熊熊抬起头，大声吼叫起来。吼声震耳欲聋，艾普丽尔吓得趴到了沙滩上。连续不断的吼声似乎让天与地都摇动了。

熊熊停止吼叫后，艾普丽尔从地上坐起来，说道：“太好了。我知道你刚才只是在说‘谢谢你’。”

熊熊用它那双深棕色的眼睛看着艾普丽尔。它的眼睛里不仅闪烁着大海的影像，还有一种深邃的东西。那是一种存在于他们俩之间的、超越时空的东西。那种东西可能已经持续很久了，也可能才刚刚开始——到底是什么呢？现在回想起来，她始终不能确定。

但有一点，艾普丽尔很清楚：那是一种表明可以建立友谊的眼神。

“我明天再来。”艾普丽尔站起身，声音有些发抖。她在努力理解新生活：一个像她这样的女孩竟然可能和北极熊成为朋友。她继续说道：“我会带一些消毒药膏涂在你的脚掌上，不能让脚掌有任何感染。”

熊熊张开嘴正要吼叫，艾普丽尔及时举手阻止了它。

“是的，我知道。”她咯咯地笑起来，“还要带些花生酱来。”

10

午夜的太阳

艾普丽尔连蹦带跳地回了家。她十分激动，内心充满了阳光。她明天还会再来的，她还要多带一些花生酱。也许，明天她要带一整罐花生酱，燕麦饼干也可以带两包。北极熊除了海豹还会吃什么？她会找到答案的！

当艾普丽尔在激动和喘息中跌跌撞撞进屋时，她脑子里全是古灵精怪的想法，就像一个充满色彩、喧闹和棉花糖的游乐场。她的脸颊发亮，不仅仅因为挨了冻，还因为她感受到了一种久违的快乐。

紧接着，艾普丽尔的脚步僵住了。

爸爸正盘腿坐在火炉前，笑眯眯地看着她。确切地说，他是在微笑。自从来到熊岛后，他每次笑都只是牵牵嘴角。

“爸爸？”她小心地问道，“没事吧？”

爸爸没有回答。他腾地一下站起来，播放起他最喜欢的莫扎特的曲子——第 17 号奏鸣曲。每当艾普丽尔听到这首曲子，她都想笨笨地跳一曲华尔兹，在房间里旋转。

跳跃的快乐的旋律围绕着他们俩。爸爸说：“就在今天晚上！”

“今天晚上怎么啦？”

“午夜的太阳，艾普丽尔，午夜的太阳！”在来熊岛之前，爸爸就提到过午夜的太阳。其实，那也是爸爸说服奶奶同意此次远行的理由之一：人生至少应该亲眼见到一次午夜的太阳，而艾普丽尔，幸运的艾普丽尔，她即将拥有一整个几乎没有夜晚的夏天。不过，爸爸还是说不动奶奶。奶奶很不满，说尽管他们头上的太阳光照不强，也指望不上每天都看到太阳，但对她来说，这就已经很好了。

然而，人们很难想象自己从未见过的东西。现在，房间里有跳动的音乐，有欢快的华尔兹舞步，还有爸爸兴奋的笑容，艾普丽尔感到一股强烈的光芒照耀在她身上。

她，艾普丽尔·伍德，今天不仅帮助了一只北极熊，而且，她还即将看到午夜的太阳！

当然，他们要等到午夜，那时距离现在还有四个小时。

这期间，艾普丽尔热了两个罐头蔬菜汤，把汤放在两本布满灰尘的旧百科全书上。然后她和爸爸并排坐在沙发上，大声地喝起汤来。

“给我讲讲午夜的太阳吧。”艾普丽尔看见爸爸有心情说话，于是鼓起勇气说道。

艾普丽尔猜对了。爸爸把空罐头盒往地板上一放，舒了口气，满足地靠着沙发，说：“你还记得几年前你生日时我送给你的那个地球仪吗？”

艾普丽尔点点头。其实，当时爸爸送礼物的时候，生日已经过去两天了。艾普丽尔本来想要一只小猫的，但后来她发现地球仪也是不错的生日礼物。

“那么你就知道我们现在在北极附近。北极附近不是北极，而是离北极很近的某个地方。你待会儿还会知道地球有自己的轴心。”他用咖啡杯向右倾斜几度，来模拟地轴。他接着说：“因为地轴倾斜角度很大，这就意味着地球上接近南极和北极的地方，太阳不会降落，比如我们现在待的地方。”他指了指马克杯的顶部和底部，“你和极地之间的距离决定了太阳待在空中的时间，有时甚至几个月，太阳都不会降落。一些人称这种现象叫‘极地日’，不过最常见的称呼是‘午夜的太阳’”。

“您的意思是说，天根本不会黑？”

“对的。”爸爸回答，“没有夜晚。”

艾普丽尔吃力地想象着没有夜晚的一天会是什么样的。她已经注意到夜晚变得越来越亮，不过太阳最终还是会落到地平线下面的。现在，太阳要一直停留在空中，这让艾普丽尔很困惑：“那人们怎么睡觉呢？”

爸爸转过身来看着艾普丽尔，咧嘴笑着说：“当然闭上眼睛睡觉咯。”

这句话并不好笑——爸爸讲的笑话通常都不好笑。只是艾普丽尔不记得爸爸上一次讲笑话是什么时候了，所以她大声笑起来。接着，爸爸也笑了起来。他们俩一直笑到肋骨痛。

等他们笑够了，艾普丽尔的脑子里又冒出一个问题。她很少有这样的机会和爸爸相处，她希望时间能过得慢一点，这样，她和爸爸能多待一会儿就多待一会儿。

“那么，天也有根本不会亮的时候，对不对？”

“是的。”爸爸很高兴自己被提问，“到了圣诞节的时候，在这些地方，太阳根本就不会升起来。想象一下，整个冬天都是黑黑的。不过我们不用担心这个问题，因为冬天到来之前，我们就会离开这里。”

他们在这里已经待了一个多月了，也就是说，他们还有五个月的时间。整整五个月的夏天。对艾普丽尔来说，爸爸辛苦地工作似乎已不重要了，她的内心充满了欢喜，她期待着更好地了解熊熊。因为没有夜晚，她仿佛被赐予了双倍的时间可以和熊熊在一起。

午夜到来之前，艾普丽尔和爸爸从头到脚都装备好了，外套、靴子、帽子、围巾和手套，一样不少。然后，他们踏入屋外的寒冷中。艾普丽尔做的第一件事是仰望。真的，天空不是往常那种柔和的黑色，没有闪烁的星星，也看不到月亮。倒是太阳还在地平线上低垂着，周围布满了橙色的条状云彩。

艾普丽尔惊奇地看着太阳，她的气息在寒冷中慢慢展开，就像神话里龙的鼻息一样。

他们看着天空从橙色变成琥珀色再变成金色。“我在百科全书里读到过。”艾普丽尔羞涩地说，“书上说，在午夜的太阳出现的第一天，当地人会举行一个特别的仪式。我想……我们是不是也可以这样做？”

爸爸没有回答。

艾普丽尔急忙补充道："他们会喝酒——当然，我们不会喝的。"她说得有些急促，她感觉到了身旁的爸爸有些紧张。"不过，我觉得我们可以做一些热巧克力喝，好吧？当地人还会在地上画一个大圆圈，他们叫它神圣的圆圈，因为它代表了太阳。所有人都站在圆圈里，然后他们会为夏天许下三个愿望。据说这样做能带来好运。"

爸爸沉默了很久。就在艾普丽尔转身回屋的时候，爸爸鼓起掌来："艾普丽尔，这个建议很棒。我最好带上茶壶。"

艾普丽尔咯咯笑了。她看见爸爸在屋里跑来跑去，手忙脚乱地把厨房里的东西收到一起——茶壶、棉花糖，甚至还有巧克力饼干。这个过程中，有一个盘子打碎了，橱柜门也快掉了，热巧克力有一半洒到地上了，但这又有什么关系呢。

离午夜还有几分钟的时候，爸爸重新出现在屋外。他用木棍在地上画了一个很大的圆圈。

这时，艾普丽尔在圆圈的外侧画了一些线条，像太阳的射线。然后，他们来到圆圈里，放下茶壶和沙发垫子，坐了下来。

太阳正在地平线的边缘徘徊。往常这个时候，太阳就在那里落下去，第二天清晨再从那里升起来。此刻，太阳没有

消失，而是像一个篮球圈一样挂在那里。太阳周围的天空从金色变成青铜色，又从青铜色变成了杏黄色。

艾普丽尔直接对着茶壶嘴喝了一大口热巧克力。她不记得自己有多长时间没有这样开心过了。

“三个愿望。”她舒了一口气，气息里带着巧克力味，“不要忘了许愿哦。”

“嗯，我一直都想看到午夜的太阳。我像你这么大的时候，第一次读到它的报道，我就期望自己有一天能看到。”爸爸说，“这么说，感觉我的第一个愿望已经实现了。”

“还有两个愿望哦！”艾普丽尔说道。她已经许完三个愿望了：一个为熊熊，一个为爸爸，还有一个是为这个星球。

艾普丽尔差点就告诉爸爸了。关于熊熊的事。她想把一切都告诉爸爸，可话都到嘴边了，她却不知如何开头。正当她想出第一句话怎么说时，爸爸却抢先说了起来。

“明天是你妈妈的生日。”爸爸的声音很小，艾普丽尔险些没听见，“我一直希望她能和我一起看午夜的太阳。”

艾普丽尔怎么忘记了妈妈的生日？一股火辣辣的羞愧感涌上心头。她伸出一只手摸了摸爸爸的手臂，但爸爸愧疚地摇了摇头。他站起身，抖掉腿上的泥土，平静地说，尽管太阳还在天上，但是该睡觉了。

艾普丽尔拿起茶壶和沙发垫，吃力地跟在爸爸身后进了屋。透过爸爸卧室的门缝，艾普丽尔看见他站在唱机旁，一边翻唱片一边摇头。等他找到了他想要的那张唱片后，他就倒在了床上。

“晚安，爸爸。”艾普丽尔大声说道。

此时，唱片已经开始播放了，爸爸没有听见艾普丽尔说的话。那是一首悲伤的歌曲，每年这个时候，他都会放这首曲子。

艾普丽尔躺在床上，听着那首歌曲不断地重复。她拿起枕头盖住了头，将音乐挡在了外面。

太阳仍在空中照耀着。

11

气象小屋

艾普丽尔不是不思念妈妈。第二天早餐时，她一直若有所思地自言自语。不过，坦诚讲，她对妈妈的记忆只剩下一些片段了。

那些记忆碎片有妈妈讲的睡前故事；她们在后花园里跳舞，阳光像金色的糖浆；早餐吃巧克力馅的蛋糕，她们的笑声像跳跳糖一样欢快；还有妈妈的拥抱。记忆里的妈妈就是那样的聪明和贴心。

当然，还有关于动物们的记忆。黄昏时，为刺猬撒一些食物在草坪上，然后他们仨蹲在屋里，关上灯，隔着玻璃窗，看谁最先发现刺猬。当妈妈用掌心里的食物喂知更鸟时，爸爸就在一旁深情地看着。有一次，妈妈救了一只离巢太远的乌龟，爸爸就逗妈妈说，要不就留下来养着吧。

艾普丽尔有时会想，如果妈妈那天没有遇到意外，生活又将是什么样子的呢。自己会不会更，嗯，正常一点？就像学校里的其他女孩那样。她们不会在后花园里和狐狸玩，也不会爬树或者和动物说话。她搞不清楚自己与众不同是基因里带来的，还是生活变化导致的。

她怀疑这两种可能都有。

爸爸变成现在这个样子不是他的错，更不能说他不爱妈妈。发生车祸两天后，妈妈在痛苦中死去，她也带走了爸爸的其中一半。不幸的是，妈妈带走的正好是爸爸有趣的那一半：那个看见彩虹就会唱歌的爸爸，那个说傻话让妈妈笑得前仰后合的爸爸，那个绝对不会只想工作、遇到压力就崩溃的爸爸。艾普丽尔看了爸爸一眼，他瘫坐在厨房台面旁，眼袋都快掉到他的茶杯里了。他的头发乱糟糟地竖立着，衬衫的纽扣扣错了位置。

爸爸来这里是不是为了逃避他的悲伤呢？艾普丽尔叹了口气。如果是那样的话，爸爸就错了。因为不论他去哪里，悲伤都会像彗星的尾巴一样跟着他。

“你准备好了吗？”爸爸不耐烦地看了一下表，问道。

“什么准备好了？”

“帮我忙啊。你前几天问过我，你不记得了？”

“不记得了。哦，想起来了。”

哦，真倒霉。为什么爸爸偏偏今天要让她帮忙？如果熊熊在海象湾等她怎么办？她感到左右为难。她当然想和爸爸在一起。自从他们俩来到这里，她不就一直期盼着这一天吗？只不过，她说帮助爸爸，其实是希望他能战胜挫折。她更愿和爸爸在一起玩——玩一场球，或者从山上滑雪橇下来，再或者到湖边钓鱼。

“艾普丽尔？”爸爸轻轻地说，“我错了，我不应该说你太小，不能帮我。仔细想想，有些重要的事，不能因为你太小就不让你去做。那些事可能会让你发现自己长大后想做的事。”

艾普丽尔点点头。

这说法有点傻。因为长大这件事太遥远了，她还不如想想爬上宇宙飞船到月球上去旅行呢。

尽管如此，艾普丽尔没有忘记爸爸做的工作非常重要。那些一堆堆的尘封日志记录了气象站建站以来近一百年的事实和数字资料。海水温度、空气温度、湿度、风速和风向，从建站开始测量一直持续至今，现在由爸爸继续。过去一百年里，曾经参与过此的人们，他们所做的工作很有价值。而当前，这项工作的重要性也许是前所未有的。

艾普丽尔曾梦想过自己能做些拯救地球的事，现在，机会来了。她站起身，跟着爸爸出了门。

艾普丽尔走进气象小屋，仿佛踏入另一个宇宙空间。屋子里到处都是奇怪的机械仪器，嘀嗒嘀嗒，嗡嗡嗡，发着规律的金属声。艾普丽尔感觉有些不安，似乎他们置身于真空中。当屋门关闭时，他们便与世界隔绝了。其他事物，包括熊岛，无一例外地被阻挡在门外。屋里空气有些干燥，还有一丝茴香的味道。

“我们为什么不先测量空气温度？”艾普丽尔问。

爸爸解释了气温测量对全球范围气温变化的重要意义，还告诉艾普丽尔如何进行气温监测。为此，他们俩还到户外背阴处去找温度计。这可不是家里使用的那种普通温度计。这种温度计外观鲜红，有一米多高。气温记录是一系列相当复杂的工作。爸爸演示给艾普丽尔看，让她将那些数据记录到日志上。

“这里以前每次有多少人做这项工作呢？”艾普丽尔问道，她已经完成了数据读取和记录工作。

“嗯，”爸爸看着那些数据，皱了皱眉头，“通常由两人轮流值班，以防其中一人有事。但他们人手太少了，所以他们才允许我带你来。”

“他们有多少休息时间？”

“休息时间？”爸爸盯着艾普丽尔，就像她在说外语，“这里没有休息时间。气温监测是一项全天候工作。”

艾普丽尔咬着嘴唇想了想，说：“也就是说，他们都没有机会探索过这座岛？”

“我可爱的孩子，这是你想做的事吧？你希望我多花一些时间陪你，是不是？”爸爸摘下眼镜，疲倦地揉了揉双眼。

艾普丽尔有些吃惊，原来爸爸和自己有相同的感受。

“这些气温数据全部都要记录下来，这其实很难。说实话……这比我想象的要费时间得多，尤其只有我一个人做。”

艾普丽尔张了张嘴，想说点什么，但她发现爸爸的肩膀很紧张，她不想给爸爸增添烦恼，于是违心地说：“没关系的。我是说我喜欢一个人探索这座岛。实际上，今天……”

如果要找最佳时机告诉爸爸有关熊熊的事，那么现在就是了。可是，看着爸爸转身又去忙着操作他的仪器，眉头也皱了起来，艾普丽尔还能说什么呢？即便真的告诉了爸爸，他的反应会怎么样呢？这值得冒险去做吗？因为，要是爸爸知道岛上有只北极熊，他是绝不可能让艾普丽尔和熊成为朋友的。

于是，艾普丽尔让自己的声音听上去更自信一些，说道："我在这里过得很开心。真的，很开心。"

他们俩回到了气象小屋，开始测量下一组温度数据。这部分工作要求注意力非常专注，爸爸为此解释了三遍。可惜他不是一位有耐心的老师，这时，有台仪器在响，爸爸压力也大，今天的他格外没有耐心。他每解释一次，眉头间的皱纹就会沮丧地深一点。艾普丽尔看得出，爸爸变得焦躁起来。这也难怪，他的工作太艰巨、太单调了。

艾普丽尔极力控制住眼泪，她觉得脑袋都快炸了。她反复提醒自己，这是在做非常重要的工作。爸爸每天都在这里目不转睛地盯着数据，因为测量并准确地记录温度太重要了——这样人们才能获得证据，证明北极的温度变化。要知道，这些变化很快就会影响到整个地球，谁知道到时会发生什么呢。尽管这些让艾普丽尔十分担心，但每当熊熊的身影掠过她的脑海，她的注意力就分散了。她答应过熊熊，她很快就会带着食物和消炎药膏去看它，她不愿意让熊熊失望。

但要是熊熊的脚掌很疼呢？要是它觉得艾普丽尔骗它了呢？要是她以后再也见不到熊熊了呢？艾普丽尔甚至还没有弄清楚熊熊是怎么被困在这个岛上的。一想到熊熊孤独伤心的眼神，沮丧地低垂着头，艾普丽尔的脑中就会闪过一个念头。虽说只是一个念头，但它的力量足以使艾普丽尔双手颤抖。结果，这一颤抖，她手中的红色记录本面朝下掉到了地上。不幸的是，记录本恰好掉在了爸爸之前洒落的一摊茶水上。

“哦，不！”她嘟囔着，想把记录本沾上的茶水擦掉，但最后却将茶水弄得满页纸都是，情况更糟糕了。

爸爸冲了过来，惊恐地看着艾普丽尔。他的眼中充满了怒气，吓得艾普丽尔想找个地方躲起来。他一把拿过记录本，看着被损坏的那一页记录，他们俩都恐慌了。

爸爸终于崩溃了。

“你看你做了什么？”他吼道，“我就不该相信你。你太小，根本就做不了这件事。你这个笨手笨脚的家伙！”爸爸大发雷霆之后，小屋里安静得可怕。艾普丽尔有一种奇怪的感觉，她觉得自己似乎正从空中坠落，身边什么也没有，她只听到仪器的嘀嗒声，只闻到屋里令人遗憾的腥臭陈腐的气味。

“艾普丽尔！”爸爸朝她走了一步，脸上刻满了内疚。

但太晚了。

艾普丽尔抓起她的书包，头也不回地冲出了小屋，朝海象湾跑去。

12

分享秘密

艾普丽尔来到了海象湾。此时，她内心的伤痛几乎不见了：一些蒸发在了海雾中，其余的穿过她的雪地靴鞋底消失在了路上。这座岛似乎有种能力可以让一切变得不那么重要。过去一周里，太阳轻轻地揭开了融雪，苦涩的荆豆露出了头。

头顶上，一群海鸥划着弧线飞过。它们群飞的样子让艾普丽尔突然有了一种强烈的、与某人交谈的渴望。那人一定能理解这座岛的偏远，能懂得这个地方的神秘。而艾普丽尔唯一能想到的人就是小托。但一想到自己要费力返回小屋，在爸爸面前用卫星电话联系小托——艾普丽尔就觉得太累了。

艾普丽尔告诉自己，爸爸不是故意的。

她知道，许多人在大喊大叫时是言不由衷的。再说，待在这么一座小岛上，争吵自然难免。熊岛占地约 69 平方英里，不过，按爸爸探索这座岛的范围来看，熊岛也就只有两间小木屋那么大。

她会原谅爸爸的。她一直以来就是这么做的。不然，还有别的选择吗？她又不可能离开熊岛。

现在，她来到了海象湾，虽然心情不像往常那样欢快，但也充满了阳光。正当她想着，今天要等多久才能看到熊熊，它的脚掌怎么样了——就在这时，她听到一阵巨大的水花声传来。

艾普丽尔转过身，只见熊熊从海水里跳到沙滩上，径直朝她的方向奔跑过来。一路上，它将身上的水珠甩得到处都是。它在沙滩上兴高采烈地、无拘无束地跳跃着。艾普丽尔也开始奔跑。他们俩向着彼此飞跑起来。

“熊熊！”

当跑到相距大约一米半时，他们俩几乎同时停了下来。艾普丽尔有些警惕，因为这是一只完全长大的熊，一只可能非常危险的熊，接下来会发生什么，艾普丽尔也不清楚。此刻该有什么礼节呢？他们之间不能握手，也不能像法国人那样拥抱或亲吻脸颊。就在这时，熊熊直立后腿站立起来，发出了震耳欲聋的吼声。

而艾普丽尔，想都没想，也张开嘴，发出了她最响亮的吼声。当然，她的吼声不像熊熊的吼声那么大如雷鸣，但这不重要，一点也不重要。因为这一刻，她能轻松忘记世界上的其他一切事物。

随着那一声吼，残留在艾普丽尔心里的伤害，就像被施了魔法，消失得无影无踪。

那么，这也许就是问候一只北极熊的方式吧。

熊熊四肢着地，不停地甩动着身体，直到甩掉它“白色外套”上的每一滴水。随着海水一起被甩出来的还有沙子和石子，它们纷纷掉落在艾普丽尔身上。艾普丽尔用手套擦着脸，等她终于可以睁开眼睛时，她非常肯定她看到熊熊笑了。

“你好，我的朋友。”

他们俩相距得太近了，艾普丽尔又一次看到了熊熊的瘦弱。它的皮毛黯淡无光，已看不出是鲜亮的白色。它的脚掌不知怎么泛着微黄，和它的牙齿一样。它的眼睛是深巧克力色的，和艾普丽尔的头发一样。它那毛茸茸的圆耳朵摆动着，充满了生机和顽皮，这可能是它身上最可爱的地方了。当它前倾时，它的黑色胡须便能碰到艾普丽尔的脸，挠得艾普丽尔咯咯笑。而它的鼻子是乌黑的，当它用鼻子触碰艾普丽尔的脸，像其他动物那样嗅她时，又冷又湿的鼻子让艾普丽尔大声地笑起来。

“哎呀，你一点也不可怕！”她感叹道，“是的，我知道你想要什么。我给你带来了花生酱。但先让我看看你的脚掌，好吗？”

尽管昨天已经检查过了，但艾普丽尔还是要确认一下伤势情况。像熊熊这样的动物，任何时候都需要得到尊重。当她确定熊熊愿意接受检查时，她才轻轻地蹲在了它的脚掌旁。

“现在，安静地坐在我身边吧，不

会花太长时间的。”今天，熊熊的脚掌似乎不那么肿了，但被塑料勒破的伤痕仍是通红的。熊掌太大了，艾普丽尔用掉了整管消炎膏，才涂抹完发炎的部位。

“就这样吧。我明天再多涂抹一些药膏。不过，我觉得你现在会舒服一些了。”

艾普丽尔松口气，蹲坐下来。当爸爸和她聊起长大后想做什么时，他总建议艾普丽尔当一名兽医。可实际上，她只是一个时时刻刻都想关心动物的人。

“吃饭可以养好身体哦。”艾普丽尔说道，“是谁想吃花生酱来着？！”

熊熊哼了一声，发出鼻息，不耐烦地碰了碰艾普丽尔的肩膀。

“等一下！”艾普丽尔赶紧说道，“我要先把桌子铺好。”

艾普丽尔从背包里拿出一条毯子，铺在那艘倒置的小船旁。那里的风比较小。然后，她把花生酱、燕麦饼干和一些葡萄干放在毯子中间。这些食物对一只饥饿的北极熊来说，可不像一顿野餐；不过，它们看上去还是很好的，也应该很好的。熊熊坐在冰冷的沙滩碎石上，知道自己马上就能吃到东西了。艾普丽尔站到毯子上，转过身看着熊熊。

自己是不是已经长大了，不适合野餐了？哼，才不是！她还从来没有参加过彻夜聚会，更不要说有一帮好朋友了。于是，她咬了一口饼干，发出响亮、满足的脆声，她决定，她要弥补那些失去的时间。

“我知道你等着吃。”艾普丽尔说道，“等一下。”

熊熊是不会用餐刀的，所以艾普丽尔把花生酱涂抹成一块块的，然后把第一块燕麦饼干放在它的脚掌旁。艾普丽尔还没来得及收回手，饼干就被熊熊吞掉了。它吃得太快，艾普丽尔都没看到它咀嚼饼干，饼干就从它嘴里消失了。最后，艾普丽尔将整盒饼干都给了熊熊，很快，熊熊也都吃掉了，连饼干纸盒都吃下去了。

“你还很饿，是吗？”

艾普丽尔把剩下的半罐花生酱从毯子上推了过去，心想，它不会连玻璃罐子都吞掉吧。但熊熊只是伸出长长的粉红色舌头，一点一点地舔光了罐子里的花生酱。

“我下次再多带点吃的。”艾普丽尔说着，脑子里计算着储藏室里究竟有多少食物，“我肯定爸爸不会注意到。再说他也不喜欢花生酱。我知道！他和你我不一样。他其实和别人都不一样。他现在这个样子，其实他也没办法。”

熊熊用脚掌拍打着空罐子，想找到更多的食物，但什么都没有发现。它抬起头，疑惑地盯着艾普丽尔。

一提到爸爸，艾普丽尔就回忆起他冲自己大吼大叫的情景。不是因为受到了伤害，毕竟事情已经过去，她感受到的是一种悲伤。

“我知道他没生我气。反正他心里是不会生我气的。他的工作压力太大了，但也不完全因为压力大就冲我大吼大叫。”艾普丽尔抬起头，熊熊被海上什么东西吸引住了。不过，知道熊熊没有盯着自己看，艾普丽尔觉得说话容易多了：“你知道他生气的真正原因是什么吗？那是因为妈妈去世七年了，但感觉就像昨天刚刚发生一样。”

艾普丽尔顺着熊熊的目光望去，海浪猛烈地撞击着岸边，发出愤怒的咆哮声。七年了，爸爸生气的原因是他内心的情感太过强烈，就像无底的深渊，以至于他用了许多方式表现出来。他生气是因为他思念他的妻子，尽管奶奶认为他太过放纵自己的感情，并且觉得他应该能控制自己了，但他没有。

艾普丽尔转过头，发现熊熊正看着自己。“有时候……”她低声说，“有时候，我觉得他永远都做不到。”

熊熊歪着头，感受着艾普丽尔语气的变化，它似乎察觉到了艾普丽尔有什么重要的话想说。

"我希望……"她刚开头，就停了下来。她拉了拉手套上一根松动的毛线。"我希望……我希望他能遇到一个新妻子。"她最终说了出来，"我知道我这样不好，因为我有我的妈妈。但说实话，我记不太清楚妈妈的样子了，只知道她像彩虹那样美好。可事实上，她已经不在这个世界上了。我觉得爸爸很孤独，认识新的人对他会有帮助的。当然，希望那个人很可爱。不过不用像彩虹，也不是每个人都能像彩虹，只要人很好就可以。"

一只海鸥大声尖叫着飞过头顶。艾普丽尔鼓足勇气抬头看了看。她从未将这些话说出口。熊熊会对自己感到失望吗？熊熊听不懂艾普丽尔到底在说什么，但在艾普丽尔看来，它似乎并没有生气。它的眼神更柔和了，就像绵柔的巧克力融化在热乎乎的布朗尼蛋糕中间。它的表情似乎在鼓励她说出秘密，一起分享，为她卸下重担。

艾普丽尔深深地吸了一口气。

"是的……有件事我没说过。"艾普丽尔用力拽了一下毛衣线头。那根毛线掉了下来，随后便被风卷走了。"你能看到一些东西，对不对，熊熊？你能看到那些没有说出来的东西。我也能。我觉得，独处的时间太长了就会这样吧。所以，我那么想也不完全是为了爸爸。”她咽了咽口水，“那也是为了我自己。我……我不介意有个新妈妈。当我从学校回家时，有人在温暖的家里等我，她会问我白天发生的事情，还会时不时地带我去剪发。”

接下来是一阵沉寂。海浪拍打着沙滩，小岛在水流声中哼唱着自己的歌谣。太阳一会儿躲起来，一会儿又从云朵后面探出头。艾普丽尔将膝盖收到胸前，想遮住她那袒露的、蹦跳着的心扉。然后，她把脸埋在了膝盖上。

她说得太多了。

她不是有意这样做的。那些话都是脱口而出。而说出去的话，现在也收不回来了。那些话都已经随风飘走了，飘到了某个地方。它们再也回不来了。万一那些话飘进木屋会怎么样呢？万一……艾普丽尔的呼吸急促起来，心脏怦怦地撞击着她的胸膛。要是爸爸听到了她说的这些话呢？如果她说的话伤害到了爸爸，她永远都不会原谅自己。

这些可怕的、讨厌的想法在她的脑子里回旋，艾普丽尔感到胃里一阵恶心。那种感觉比考试时的紧张糟糕，比在学校被女生嘲笑糟糕，甚至，比她在公路上看到一只死去的猫还要糟糕。

艾普丽尔揉了揉眼睛。不知不觉中，她发现自己正倚靠在熊熊柔软的毛上。熊熊因此微微有些晃动，但它没有离开。于是，艾普丽尔将脸颊贴靠在熊熊的肩上，轻轻地，就那么待着。

13

暑假

后来，艾普丽尔仔细地想了想，她意识到熊熊可能没有理解她所说的话。反正那天的细节没有表现出来熊熊听懂了。不过，细节有时候并不重要。也许，细节常常是不重要的，重要的是细节背后的感觉。

那一刻，熊熊似乎察觉到了艾普丽尔的心思。那是动物才具有的不可思议的感知力，它们能感知人类看不到的东西。艾普丽尔不是读过好些这样的故事吗，比如，猫能预知风暴来临，马能捕捉人的恐惧，狗能一眼读懂人的情绪。动物们就是这么聪明。这种聪明不是学习上的聪明，它们通过不了各种考试，但它们却能用一种独特的方式读懂这个世界和这个世界里的人。

这种方式就是用情感来感知。

艾普丽尔知道熊熊完全读懂了她的感受。而爸爸已经好多年没有这样读懂过她了。甚至，熊熊比奶奶更懂得艾普丽尔，因为奶奶的善意有些迟缓，时常误解她。

当太阳在熊岛上空暖暖的杏黄色光晕中降落时，艾普丽尔回到了木屋。屋里没有响动，只有火炉里的余烬在闪烁，安静得令人沉重和滞钝。

爸爸睡着了？

艾普丽尔在爸爸的卧室门口停下来。她的手紧张地转动着门把手，但她没有勇气进去。她蹑手蹑脚地走进自己的卧室，悄悄关上门。当她走到床边时，才发现地上的茶壶。

“噢。”

她拿起茶壶，打开壶盖。一股热巧克力的香味像奔跑的独角兽，从茶壶里飘了出来。热巧克力不太烫，艾普丽尔直接对着壶嘴，全都喝了下去。那天晚上，她睡了一个好觉，自从来到熊岛，她从未睡得那么香，那么好。

一觉醒来，艾普丽尔觉得应该是清晨。因为没有黑夜区分白天，所以很难分辨出什么时候是清晨。她躺在床上，被子盖住了鼻子。尽管她已经习惯了这里的寒冷，但清晨仍是最难熬的。她没有起床，缩在被窝里，盯着天花板，发挥想象力做着连线游戏，琢磨一只北极熊是怎样被困在了熊岛上，而且竟没被人发现。

这些是她到目前为止得到的结论：

- 从爸爸和她的谈话中可以知道，之前来这里的气象学家根本没时间去了解这座岛。

- 因此，熊熊就很容易待在小岛的另一端而不被发现。

- 熊熊一定见过人类，但它只是远远地看着。

- 虽然熊熊已经完全长大，但看上去却很年轻。北极熊的寿命大约 20 岁。也就是说，它可能和艾普丽尔差不多大，或许比艾普丽尔还要小一点？

- 但艾普丽尔还是不知道熊熊在这座岛上待了多久。

- 而且，如果熊岛周围的冰盖已经融化，那么它又是怎样来到岛上的呢？

现在看来，唯一要做的事就是找出真相。可是，怎么找呢？什么时候去找呢？艾普丽尔不知道，但她一定会把事情搞清楚的。

而此刻要做的事是——竖起耳朵听听闹铃响没响，该起床了。艾普丽尔从被窝里跳出来，冷得龇牙咧嘴，匆匆忙忙地穿上了衣服。小岛受三个不同气象锋面的夹击，天气变化很快。可不管天气怎么变，有一点很肯定：这里始终都很冷。艾普丽尔穿好了衣服，她的体型几乎增大了两倍。然后，她步履笨拙地来到客厅。

很好，爸爸还没起床。木屋里几乎和外面一样寒冷，他们在屋里需要生火。这通常是爸爸做的事，但艾普丽尔是个动手小达人，在家里的时候，她就经常自己生火。所以，今天早上，她小心地燃起了火炉。接着，用水壶烧水，清洗爸爸的杯子，拿出爸爸最喜欢的橘子酱。她还擦了擦厨房台面，扫了扫地。

这时，爸爸穿着他最好的西装从卧室里出来。他问艾普丽尔，早餐时想听莫扎特的哪张唱片。然后，他说他来完成所有锅碗瓢盆的清洗工作——水槽里有好些空汤罐、平底锅和勺子。最令人惊讶的是，他甚至还说他来洗所有的衣服。

“艾普丽尔……”爸爸每次快速喝完第一杯咖啡，就会这样打开话题。

艾普丽尔抬起头。爸爸的脸有些红。

他咳咳地清了清嗓子。然后，又清了清嗓子。这才将他每天要吃的三颗茴香糖推到艾普丽尔面前。“喏，这是给你的。”

艾普丽尔拿过糖。她其实不喜欢茴香糖，但她还是很感激爸爸的这个举动。她有时想，别人家里是怎样说抱歉的呢，是比爸爸这种方式更容易呢还是更难呢。艾普丽尔对别人家的情况没有概念，所以她也就不再多想。是什么样就什么样吧。

不过，艾普丽尔确实有一个问题想问爸爸，这个时候问最好了。

“爸爸？”

“怎么了，艾普丽尔？”

“按道理说，暑假现在就开始了，我是不是还要继续上课呢？”

“嗯……嗯……我不太确定。”爸爸说。第二杯咖啡有点烫，他有些心烦意乱。“好像稍微有点早，是吧？开始放假？”

“是的，是比在家上学的时候要早一点。”艾普丽尔回答，“不过，在挪威就不算早了。看这里。”她用手指点了点百科全书翻开的页面，这是她事先准备好的。“挪威学校的春季学期结束得都早。这和天气有关。”

爸爸的下巴挂着一块橘子酱，这让他看上去有点茫然。他不解地皱着眉，说道：“我……嗯，也就是说……”

艾普丽尔屏住了呼吸。

爸爸正要说“不”字——眼看着那个字就像讨厌的气味马上要飘散开——他最终还是把那个字咽了回去。正如艾普丽尔希望的那样，爸爸的内疚感战胜了他的“不”字。

“是，我觉得没什么不可以。”爸爸敷衍地笑了笑，“在挪威……或者是在挪威领域内。”

爸爸没心思看那页翻开的书。艾普丽尔挺开心，因为她少说了一个细节。她没撒谎，挪威学校的暑假的确放得早。

只是，没有现在这么早。

“所以，现在可以放假了？”艾普丽尔合上百科全书，说道，“我不用上课了。”

爸爸拿起他那杯还很烫的咖啡，大声地啜了一口。没等他放下杯子，艾普丽尔已经哼着快乐的歌曲跑出了门。

她唱的是：

我很开心，很开心，开心。

非常，非常，非常，非常地开心。

我心里充满了阳光和笑容。

我都不怕鳄鱼了。

我很开心，很开心，开心。

然后，她学了一声熊的吼叫，结束了她的哼唱。

14

骑 行

艾普丽尔不用上课了。

不用上课了！艾普丽尔心想，这就意味着暑假真的开始了！她开心地在岛上跳着舞，转着圈，蹦来蹦去。

显然，熊熊也有同样的想法。因为当艾普丽尔来到海象湾时，熊熊正在沙滩上打滚，舒服地按摩着后背。艾普丽尔从没见过熊熊这么开心，她的心也随之舞动起来。她应该和这只非凡的生物共享这座岛屿。

“我来啦！”艾普丽尔大声喊道。熊熊四脚着地，抖落身上的沙子，朝艾普丽尔飞奔过去。它的力量太大，差点把艾普丽尔撞倒。“你好啊。”

熊熊犹豫了一下，身体微微向前倾。艾普丽尔带着一丝紧张，让它闻了闻自己的脸。看来，除了表示欢迎的吼声，这样的嗅闻就是在问候吧。它用湿润的鼻子蹭了蹭艾普丽尔的七颗雀斑，然后随意地舔了舔她的鼻子。

“啊啊啊，你的呼吸。”熊熊的气息让艾普丽尔喘着气后退了一步。很快，她就为熊熊清理好了脚掌。看上去，伤口已经好了很多。她拿出四包燕麦饼干、两罐花生酱和三颗爸爸的茴香糖。这些东西瞬间就被熊熊吃光了。

“你在岛上都吃什么呢？”她轻声地问道，“你为什么自己在这里呢？”

艾普丽尔期待熊熊回答，但熊熊只是用湿漉漉的鼻子推了推她手心里的饼干。

“别担心。现在你的脚掌好了，你又可以捕猎了。”艾普丽尔曾注意到熊岛周围的岩石上有一些海豹，不过，她也知道，北极熊需要借助冰块才能到达那里捕捉海豹。艾普丽尔心想，这岛上一定还有其他东西可以让北极熊猎取，至于是什么东西，她并不确定。“别担心。我保证你有足够的花生酱吃。”

熊熊舔光了最后一点饼干屑，然后在艾普丽尔身旁坐了下来。它那温暖的身体轻轻地挨着艾普丽尔，他们一起背靠在那艘倒置的旧船上。艾普丽尔想，怎么度过属于他们的时间呢？

“我们有整个暑假待在一起，熊熊。你觉得怎么样？就是五月的下半月，然后是整个六月、七月、八月和九月！暑假就有这么多的时间。”艾普丽尔使劲张开双臂比画着。

熊熊困惑地看着她。不得不承认，艾普丽尔的双臂再怎么伸展也没有熊熊的大。

“尽管我们有很多时间，但首先，今天，我们可以待一整天。”

熊熊似乎明白了，咧嘴露出了牙齿，艾普丽尔认为这是熊熊在笑。只要熊熊露牙，它不是在笑就是在打哈欠。

“那我们现在该做什么呢？”艾普丽尔兴奋地摩拳擦掌，“我知道！我们探险去吧！”

艾普丽尔腾地跳起来，熊熊也学着她那样，双脚站立起来。她不知道到底要去哪里探险，但还是迈着短促而自信的步伐朝三座山的方向走去。而当她回头看时，发现熊熊已经调转方向，正跨着大步向相反的方向慢慢地跑着。

艾普丽尔怅然地看着熊熊远去的脚步，大声问道：“你要去哪里？”

熊熊没有回答，只是回头看了一眼。而这一眼对艾普丽尔来说，便是她需要的所有鼓励。她飞快地跟在熊熊身后。

“等一等！”艾普丽尔喊道，“你得走慢一点。”

遗憾的是，不管熊熊怎么慢，它都比艾普丽尔最快的速度还要快。艾普丽尔觉得和爸爸一起走路就够糟糕了，爸爸的一步等于艾普丽尔的四步，现在和熊熊一起走简直更糟糕。他们这样走了大约十分钟，艾普丽尔怎么追也无济于事。熊熊总在前面，不耐烦地等着艾普丽尔跟上去，而艾普丽尔已经气喘吁吁了。

二十多分钟后，艾普丽尔的肺都快累炸了。她坐到地上休息了一会儿。这时，熊熊又轻轻松松地跨过了一个小水洼，仿佛那只是一个小水坑。之前，艾普丽尔成功地跳过几个小水洼，但现在这个水洼太宽了。

“熊熊！”艾普丽尔大声喊着，可声音立刻就被风给吹回到了她的脸上。熊熊已经跑得无影无踪。

水洼是长条形的，绕过去太远，所以没有别的选择，艾普丽尔要跳过去。

她深吸一口气，纵身一跃，跳到空中，但几乎同时，她知道自己犯了一个错误。随着可怕的砰的一声响，她掉了下来，身子一半在水里，一半在水外。她感觉脚踝扭伤了。

艾普丽尔倒抽了一口气。

冷水拍打着她的双脚。谢天谢地，她的长裤是防水的。她爬出水洼，气喘吁吁地倒在一边，身上全是水。熊熊不知跑到哪里去了。艾普丽尔心里闪过一丝不安，自己现在到底在哪里？而最重要的是，她怎样才能回小木屋？她试了试脚踝，一阵剧痛传到整条腿。

暑假的第一天就过成了这样。艾普丽尔觉得自己很愚蠢，竟然想和一只北极熊成为朋友，更别提自己还想帮助它。她到底在想什么呢？那可是野生动物，而她只是一个小女孩，一个连小水洼都跳不过去的小女孩。

艾普丽尔把脸埋在手心里，不想让自己太难过。

就在这时，熊熊出现了。它的动作很轻，艾普丽尔甚至都没有察觉到，直到它站在三米外，偌大的头部阴影停留在艾普丽尔的腿上。

“熊熊？”

阳光下，艾普丽尔只能看到它的剪影。“我很想追上你，结果摔倒了。”艾普丽尔指着脚踝解释道，“我觉得没有骨折。只是扭着了。可我走不了路了。”

熊熊没有动。它自然不懂艾普丽尔的话，但好奇心驱使它往前走了几步，来到艾普丽尔身边。

“我走不了了。”艾普丽尔说，“对不起。”

她不知道自己为什么要道歉，但她知道自己心里很难过，似乎今天被她搞砸了一样。熊熊的鼻子凑近了些，舔去艾普丽尔裤子上的泥水。它不可能知道艾普丽尔的伤在哪里，但它却格外轻柔地舔舐她的脚踝。以前艾普丽尔从自行车上摔下来，爸爸也会清理她擦伤的地方。

“谢谢你，熊熊。”艾普丽尔心里一阵刺痛，“现在感觉好多了。”

她有些担心，不知道自己怎么回去。这时，熊熊碰了碰她的肩膀。

“怎么了？”

熊熊又碰了碰她的肩膀。这一次，熊熊的力量更大了些。

“我可以挪动，但是你看。”艾普丽尔站起来，试着让脚踝承重，结果却痛得咧嘴，“我可能挪动得会很慢。”

她又坐了下来，装出一副若无其事的表情。熊熊蹲下来，期待地平视着艾普丽尔。

“怎么了，熊熊？”

熊熊继续看着艾普丽尔。一股惊异的东西在艾普丽尔的血液中涌动。它该不会是要让她……

“你想让我到你背上去？”她问道，“可我连马都没有骑过。更别说骑熊了。哦，天哪！”

这种事真的会发生吗？艾普丽尔闭上眼睛，躲开刺眼的阳光，然后，她又睁开了双眼。熊熊还蹲在她面前，等待着。

艾普丽尔没有别的办法。如果她不这样做，她就只能困在这里。她不能这样懦弱。她深吸一口气，抓住熊熊脖子上的毛，将她的左腿迈过去。坐在熊熊后背上，艾普丽尔都能感受到它的肋骨。

“哦，熊熊。”艾普丽尔喃喃道，“你真的能带我走吗？”

熊熊大吼一声，威猛地四足而立。艾普丽尔摇摇晃晃地从一侧倒向另一侧，但她牢牢地抓住熊熊。最后，熊熊抬起前足，直立起来。这是一个崭新的制高点，艾普丽尔凝视着熊岛，不禁觉得自己有点像坐在了王座上。

“太好玩了！”

话音刚落，熊熊便冲了出去。艾普丽尔在熊背上一会儿被抛到左边，一会儿又被甩到右边，然后，再一次左边，再一次右边。风在呼啸，地在起伏，而最糟糕的是，除了熊熊脖子上的毛，艾普丽尔根本没有其他东西可以攥在手里，并且，熊熊的毛还总从她的手里滑落。

最后，艾普丽尔张开双臂抱住了熊熊的脖子，将胸口牢牢地贴在它身上。这样，当她紧闭双眼，她的臀部就不会颠得太厉害，她的肋骨也就不会发出大动静，她的五脏六腑也不会翻腾呕吐出来。

没多久，艾普丽尔还感觉暖和起来了。

熊熊的脉搏稳定地拍打着艾普丽尔，让她感到舒适和安全。那种感觉就像放学后回到家里，闻到新鲜出炉的巧克力纸托蛋糕一样。

要是班里的女同学看到她现在这样……她们肯定笑不出来了，对吧？因为，当她们待在学校百无聊赖的时候，艾普丽尔·伍德正骑着北极熊，驰骋在无人居住的荒岛上。

15

熊 洞

骑行持续了五分钟，也许是五个小时。不论时间长短，艾普丽尔都无法计算，因为，那一刻是永恒的。她知道，她一生都不会忘记的。骑行结束后，她从熊熊背上下来，内心深处传来一个声音：一切都将和从前不一样了。

艾普丽尔无法用语言表达自己对熊熊的感谢，她只好紧紧地搂住熊熊的脖子。她不敢太用力，怕吓着熊熊，但她仍拥抱得足够有力，好让熊熊感受到她柔软的心跳。

“哦，熊熊。”她将脸贴在熊熊的毛上，轻轻说道。

艾普丽尔最后松开了双手。熊熊朝着海象湾的方向走去。它在艾普丽尔的注视中越来越小，最终从视线中消失了。艾普丽尔的身体有些摇晃，她环顾四周，发现自己离木屋已经不远了，她可以自己蹒跚着走回去了。

尽管待在木屋里很无聊，但艾普丽尔还是懂事地休息了几天，直到她的脚踝完全康复。脚踝一好，她立刻就带着食物奔向海象湾。看见熊熊正等着她，她高兴地松了一口气，然后多给了熊熊一罐花生酱。

接下来的几个星期，随着五月结束，六月来临，艾普丽尔尽可能多地从储藏室里拿出食物，而且还没有引起爸爸的猜疑。其实，这并不难做到，爸爸的脑袋整天都埋在他的工作里，这些天他根本没注意艾普丽尔在做什么。艾普丽尔唯一需要考虑的问题是熊熊究竟能吃多少。它的食量比艾普丽尔的大，比爸爸的大，比任何一个艾普丽尔认识的人的食量都大。储藏室里储藏的食物有限，而熊熊的胃像个无底洞，不论喂它多少食物，它那巧克力色的眼睛都注视着艾普丽尔，恳求能再多给它一些。

海象湾那艘倒置的小船边成了艾普丽尔和熊熊每天见面的地点。站在那里，艾普丽尔就能看到熊熊朝她奔跑过来。而艾普丽尔每天喂食熊熊的好迹象也开始显现出来。熊熊全身不再乱蓬蓬的了。它的髋骨不再那么外突，当艾普丽尔骑在它身上时，她不再感到敬畏；它的脊骨包裹在厚实的后背肌腱和肌肉里，艾普丽尔已经摸不到了。最棒的是它的皮毛。

在它日常饮食的基础上，艾普丽尔添加的辅食，让它的毛变得格外柔软，就像沙发绒毯。它身上有烤棉花糖、烤栗子和热乎乎的奶油松饼的味道。如果艾普丽尔将头埋进它的皮毛里，她甚至能感觉到自己的舌尖尝到了花生酱的味道。

熊熊吃完艾普丽尔带来的食物，又把她的口袋嗅了一分钟左右，看看还剩下什么没有。

“没有啦。”艾普丽尔说道，“从现在开始，我们必须按定量吃了。”

熊熊疑惑地看着艾普丽尔，带着希望碰了碰她的手。

“对了，”艾普丽尔说，“你还没有告诉我你住在哪里呢。你已经很了解我了，可我对你的事却知道的很少！”熊熊看上去有些困惑。艾普丽尔不清楚熊熊的表情是表示听懂了她说的话，还是它很饿。不管怎样，当熊熊明白食物已经吃完，艾普丽尔爬到了它的背上，一切就绪，它便朝着三座山中最小的那一座出发了。那是一座非常陡峭的山。艾普丽尔不敢睁眼，因为从侧峰往下看，那情形比她坐过的所有过山车都吓人，而且她还没有安全绳，不过，她并不担心。熊熊像老虎般优雅地爬到半山腰一处狭窄的岩脊上，然后又来到一个中等大小的洞穴外。

这是熊熊的家。

艾普丽尔趴在熊背上，这样，他们俩才能进入洞口。进了洞，里面便开阔起来。艾普丽尔从熊背上滑下来，站直了身。她几乎什么都看不到，也不知道这个洞有多深。但是，这里可以避开外界的纷扰，是一个完美的藏身之处。

“不过，这里不是很舒服，对不对？”

艾普丽尔眯起眼，适应着洞里没有光线的环境。熊熊那么大，而且还是白色的，艾普丽尔不难发现它。但洞里其他地方都被笼罩在潮湿阴暗的黑色中。在洞内的一个角落，艾普丽尔似乎辨识出一小堆东西，有羽毛、蛋壳和骨头，她不想凑近看，不过，这些至少说明了熊熊的食物来源。可这是怎样的生活啊。洞里散发着霉味，艾普丽尔不禁打了一个寒战。她伸出手，摸到了熊熊的嘴。尽管百科全书上说雄性北极熊喜欢独处（除了寻找配偶或者偶尔打架），但她还是忍不住为熊熊感到难过。

“小可怜。你独自在这里住了多久啊？”

熊熊小声地吼叫着。叫声里没有快乐和满足，有的只是愤怒和沮丧。这叫声似乎在告诉艾普丽尔，它住在这里不是几个月，而是好几年。它被困在这个山洞里，没有机会见到同类，想一想都令人难以忍受。

“你是怎么被困在这岛上的？”

熊熊又吼了一声。那一刻，它的故事似乎在他们俩之间无声地盘旋着，就像空中某种颤动的、有生命的东西。

艾普丽尔屏住了呼吸。

但随后，不论那是什么样的故事，不论那故事来自哪里，它都像一缕青烟消失了。熊熊使劲地甩了甩头。他们凭直觉来到了洞口，空气一下子就干净轻盈起来。

突如其来的阳光，暖暖的，像蜂蜜一样涂抹在他们的脸上。熊熊转过身，从上到下地舔着艾普丽尔的脸。只是熊熊的口气不好闻，而且这也太出乎意料，再加上它的舌头湿漉漉的，艾普丽尔开始咯咯咯地笑了。那是一种悲伤之后的笑声——大声、响亮，充满了解脱。她笑得翻滚在地，仰面朝天。熊熊也滚到艾普丽尔身边，也仰面躺下，耳朵不停地抽动，好像它也在笑。他们就这样躺在洞口，笑啊，笑啊。

“哦，熊熊，”艾普丽尔终于停下笑，说道，“我真的很爱你。”

熊熊说不出“我爱你”，但它无需说出来。

熊熊温暖舒适的身体依偎着艾普丽尔，它那双巧克力色

的眼睛坦诚地凝视着艾普丽尔。不言而喻，他们之间的情感将永远存在。

艾普丽尔断定：爱就像魔法。

她探起身，展开双臂，搂抱着熊熊的脖子。“不管是什么让你伤心，你都可以告诉我，熊熊。”她对着熊熊的毛发喃喃道，“我自己经历过悲伤，所以不用担心我。我会理解的。”

熊熊的耳朵轻轻动了动，然后，它把头靠进艾普丽尔的怀里。

“你准备好了就告诉我。那是讲故事的最好时候。在那之前或者在那之后都不好。只有在你准备好的时候，才能讲出来。”艾普丽尔紧紧地倚靠着熊熊，吻了吻它的脸，“还有……我保证，我会让那个时候来得更好一些。”

熊熊吼叫起来，这一次，它的吼声在山洞里回荡，震颤着艾普丽尔的心。

16

吼声课

这是艾普丽尔和熊熊一天里的探索：熊熊先是带艾普丽尔去了东部最远的地方。他们站在熊岛边缘参差不齐的悬崖上，山脚下是灰色的狂浪。因为有熊熊的陪伴和守护，尽管他们被暴怒的海风吹得东倒西歪，艾普丽尔也一点儿没有感到危险。和熊熊在一起，她永远都不会不安全。

“我想学你那样吼叫！”艾普丽尔冲着海浪大声喊道。

她很幸运，没等多久，观摩学习就开始了。熊熊用后腿站立起来，发出雷鸣般的吼声。那声音像打水漂的石块掠过海浪，消失在远方。

艾普丽尔也想这么做，但她的吼声就像跳水的人胸腹先着水，拍起一片大水花。熊熊给艾普丽尔做示范，怎样吸足气，尽力挺拔站直，整个躯体往上提，让吼声沿着身体核心部位，从最深的、最自然的地方发出来。

艾普丽尔第二次吼得好一些，但还是比熊熊的吼声差很多。她不停地练习，直到她看了看表，才发现已经夜里十一点了。可她一点也不觉得累，这就是太阳不落山的好处。没有黑暗，就没有什么东西让你犯困。

“我该回去了。”艾普丽尔说道，“我们可以明天再来，好吧？我还可以再练练，是不是？”

熊熊的耳朵动了动，艾普丽尔认为那就是同意了。从此，他们每天都会来这里练习吼叫。每一次吼叫都让艾普丽尔少了一些人类的声音，变得更像一只熊。年龄小并不重要，重要的是她想让自己的声音被听到。

熊熊不仅吼声响亮，随着它的力量不断增强，它带着艾普丽尔一路走到熊岛西边最远的地方。在那里，伸入海水的陆地上有许多巨石，它们看上去饱经风霜。粗糙尖锐的岩石碎片像刀子一样探出水面。

“我不知道熊岛还有这样的地方，熊熊。”艾普丽尔惊讶地说道，“这里太美了！不过……你不会跳到巨石上去吧？哦！你会的！”

现在，骑熊这件事对艾普丽尔来说已经很容易了，而且她还学会了收紧腹部，用膝盖紧紧夹住熊熊的肋腹肌肉，以此保持平衡。她抓紧熊熊，跟着它从一块巨石跳到另一块巨石，似乎他们踩的只是踏脚石。熊熊在海水里越跳越远，冰冷的海水不断地拍打着艾普丽尔的脚跟。

艾普丽尔的脑海里浮现出爸爸的警告，不要靠海边太近。可她顾不了那么多了，毕竟，爸爸说的是不要独自靠海边太近。

但她并不是独自一人，不是吗？

“快来抓我呀，海浪！”她在笑声中尖叫道，熊熊跳得更高了。

后来的一天，也许是第二天，也许是第三天，也可能是第四天，熊熊带着艾普丽尔去了内陆。在那里，熊熊充满了新能量。它在闪闪发光的蓝色湖泊中蹦跳，轻松得像跳小水洼。它来到一个湖边，鲜艳的蓝色湖水就像夏日的天空一样。

“这是一个心形湖！”艾普丽尔蹲在湖水边，手指伸进冰凉透亮的水中。他们俩的朦胧倒影也注视着他们。倒影在亮闪闪的水波中摇动，没有呼吸，却好像和岸上的他们一样，有了生命。“这是属于我们的心形湖。和你比起来，我那么小！我太小了。”艾普丽尔说道，“但我们是好朋友，对不对，熊熊？我们是最好的朋友。”

熊熊用鼻子轻轻地贴了贴艾普丽尔的肩膀。

六月结束，七月到来。熊熊向艾普丽尔展示了熊岛的另一侧风景，那里的小紫花已经绽放。然后，它又和艾普丽尔来到更高的山上。尽管是夏天，但气温仍很低，山顶仍有厚厚的、冰冷的积雪。艾普丽尔不止一次地带着雪橇，一路欢声叫着滑到山脚。当她第一次听到要和爸爸来北极圈，她就想做这些事，现在，她的梦想实现了。她的心幸福得飞上了天空。

有一天，他们俩把海象湾的垃圾都拾到了一起。熊熊还帮艾普丽尔把雪橇拖回木屋，当然不会让爸爸发现。

熊岛上已没有他们没探索过的地方了。

他们一起探索了岛上的每一个秘密，每一个角落，每一个缝隙，每一处边缘，每一片区域，每一寸土地。他们探索了所有的湖泊，所有的洞穴，所有的山脉和所有的溪流。他们还探索了熊岛上所有的海滩——沙滩、卵石滩，看上去不像海滩的海滩，隐藏的海滩，还有艾普丽尔和爸爸第一天到达熊岛时看到的那片海滩。那天的事，艾普丽尔很少想起。

那天的记忆已经和家乡的生活一样遥远了，就像海市蜃楼，她都怀疑它们是不是真的存在过。

八月初的一个下午，艾普丽尔盘腿坐在海象湾的沙滩上，熊熊在海浪中玩耍。熊熊钻到水下，然后露出胡须，滴滴答答地滴着海水。这些日子，熊熊看上去变化很大。它的毛皮变得白亮耀眼，浑身散发着野生动物的原始力量，而最大的变化是它快乐起来了。尽管艾普丽尔以前从未见过其他的北极熊，但她能看懂熊熊的快乐——高抬着头，摇晃着鼻，蹭背打滚，四足在空中扭动。尽管接触北极熊非常危险，但艾普丽尔很高兴没有听小托的警告，而是遵循了自己的直觉。

“我也很高兴。”艾普丽尔笑着说，“虽然我没有胡须可以甩水，但我真的很高兴。你知道吗，熊熊，我从来没有这么开心过。”

闪耀着彩虹般光泽的日子就这样一天天地过去了。没有黄昏，也没有黎明。甚至，艾普丽尔的手表也停止了转动，这是她离北极太近的缘故。因为没有任何东西可以显示时间，白天融入黑夜，黑夜渗进白天。时间不再是时钟上的指针，而是成了无穷无尽的神奇的东西。

这是夏天啊。

这也是最好的夏天了。

17

熊岛的声音

如果地平线上有一片云，那么，它就是那种会变得越来越黑的云，不管阳光照射它的时间有多久。随着熊熊的体力逐渐恢复，艾普丽尔的担心也多了起来。这倒不是说艾普丽尔难以想象和熊熊分别——这件事她甚至连想都不敢想。真正让艾普丽尔感到糟糕的是：一旦她离开，熊熊该怎么办？它如何在那个黑暗、潮湿、孤独的山洞里继续生活下去，几个月，甚至几年？

当艾普丽尔离开熊熊回到木屋，这些问题便啃噬着她。尤其在夜里，艾普丽尔躺在床上，这些问题就会格外吵闹，令她害怕。不管她翻来覆去怎么想，她都想不出答案。尽管熊熊的脚掌已经痊愈了，现在，关键的问题是：熊熊并不属于这里。

这里不是它的家。

艾普丽尔越想越清楚，熊熊不能一直留在这里。可接下来该做些什么呢？那就是找到问题的答案。艾普丽尔在一个不眠之夜里决定，她要弄清楚熊熊是怎么来到熊岛上的。

艾普丽尔一心要找到答案，第二天一早，她就匆匆赶往海象湾。她到得太早，熊熊还没出现。于是，她吹了一声口哨，那不是一般的齿哨，而是手指放进嘴里吹响的指哨。这是艾普丽尔在奶奶家的时候，跟当地渔民学会的。

哨声不够响亮也没有关系，只要熊熊在岛上，它就能听到。熊熊对艾普丽尔的声音很敏感，就像动物对它们喜爱的人有第六感一样。三十秒后，地平线上出现了艾普丽尔熟悉的身影。

"我在这里！"艾普丽尔挥手喊道。等熊熊来到身边，艾普丽尔把一罐油乎乎的鲭鱼肉推到它面前。"今天没有花生酱，你就吃这个吧。"

艾普丽尔很担忧，储藏室里的花生酱在迅速减少，其他食物也是如此。事实上，储藏室里的食物只剩下不到三分之一了。庆幸的是，爸爸从不去储藏室，所以他一直没有察觉，而这正是艾普丽尔的另一个担忧。

熊熊吃光了罐头里的鲭鱼肉，然后，它满足地打了一个饱嗝。

“我今天带了些东西给你看。”艾普丽尔佯装没有受那个饱嗝气味的影响，说道，“我觉得你可能想看。”

艾普丽尔铺开她的野餐毯，盘腿坐在上面。熊熊坐在鹅卵石上，舔着嘴唇。“看，这是我的心形石。我从我奶奶家附近的海滩上找到的。晚上睡觉的时候，我就把它放在枕头下面，希望自己有好运。再看这个，这是我妈妈和我爸爸的合影。这是在他们婚礼那天拍的。是啊，照片里的爸爸看起来很爱笑。”艾普丽尔凝视着照片说道。她曾看过这张照片无数次，但在熊熊的注视下，她似乎忘记了过去，像是第一次看到这张照片。“他的笑很好看，对不对？他的眼睛也会笑，眯起来的时候就像天上的星星。”

熊熊的耳朵动了动，艾普丽尔认为那就是看法一致了。

“我……我只是希望爸爸这些日子能像照片上那样对我微笑。”她叹了一口气。她的叹息像是来自很深很远的地方，以至于过了好一会儿，她才接着说：“我曾经希望这个夏天能让我们更亲近一些。”她说得很平静：“但实际上并没有。要说这个夏天有什么变化，那就是我们比以前更疏远了。”艾普丽尔不知道怎样才能和爸爸好好相处，她抬起下巴，甩掉脑子里不好的想法。这时，她才想起来为什么自己今天一大早就跑到这里来了。“熊熊，我希望我能知道你的故事。你独自在这里，但你一定和我一样，有爸爸有妈妈。”

艾普丽尔期待地看着熊熊的脸，但它的表情没有变化。艾普丽尔又不傻，她并没指望熊熊回答，她只希望发现某种迹象，可以帮助她了解熊熊的背景。熊熊打了一个哈欠，扑通一下趴在前掌上，然后闭上了眼睛。艾普丽尔慢慢地呼出一口气，俯下身，轻轻地揉着熊熊两耳之间的地方。她不会放弃的——她要找到那把开启熊熊往事的钥匙。

熊熊打瞌睡的时候，艾普丽尔就在一旁看着。对其他人来说，看动物睡觉是件奇怪的事。但对艾普丽尔来说，这是动物馈赠给人类最特别的礼物。这表明熊熊多么信任她啊。她可以将自己内心深处的情感告诉熊熊，体验到拥有好朋友的新感受。她真的可以将整个世界上的所有事情都告诉熊熊，而熊熊从来没有嘲笑过她，也没有让她觉得自己很愚蠢。

总之，熊熊是她的朋友中最好的一个。

等熊熊睡醒，打了个大哈欠，艾普丽尔就跳到了它的背上。然后，他们一路飞奔到三座山中不高不低的那一座的半山腰。在那里，艾普丽尔向熊熊演示如何团雪球，她用双手使劲捏出高尔夫球那么大的雪球，再把雪球扔出去。他们还堆了几个天使雪人。然后，艾普丽尔用午餐时间练习熊吼，下午学习嗅空气。

嗅空气真的需要深呼吸。艾普丽尔没有熊熊那样的鼻子，但经过几个星期的练习，她终于闻到了北极冰川硬冰的味道——刺骨的、洁净的，就像玻璃瓶一样。熊熊还教艾普丽尔如何辨别风向，如何预知大雪和暴风雨的来临，甚至如何感受空气里的雨。

在这个特别的下午，最重要的事是熊熊教艾普丽尔聆听。这可不是人们日常里的那种听，这是一种真正的听。当她抬起头，竖起耳朵，她就能听到雪花落在山顶的声音，视野之外货船行进时嘎吱作响的声音，甚至还能听到微风中爸

爸的叹息声。当雪花散去，太阳重现天空，他们分不清是下午、晚上，还是已经到了第二天。熊熊教会了艾普丽尔如何倾听熊岛的声音。

当然，一开始，艾普丽尔并不知道熊熊在做什么。她好奇地看着熊熊平躺在地上，一只耳朵紧贴着地面。漫长的几秒钟过去了，艾普丽尔唯一听到的声音就是自己的呼吸声。

“你在听什么？”艾普丽尔最后问道。

她自然问不出答案，想知道答案，只能自己去寻找。

她模仿熊熊那样，平躺在地上，一只耳朵也紧贴着地面。一开始，除了自己呼出的热气，耳边的风声，远处的海浪声，她什么也听不到。但是，几分钟后，她开始听到了一些声音，一些完全不同的声音。那声音是从地球的中心传出来的。

“我能听到了！”她惊奇地说道，“我能听到熊岛的声音了！”

它听起来像把贝壳放在耳边时听到的声音，也像坐过山车时风刮过耳边的声音，还像遥远的魔法园里树木的低语。

“太美了！”

艾普丽尔的耳朵贴在地面上有好几个小时了。那感觉就像在吊床上睡觉一样。就在艾普丽尔快要睡着的时候，熊岛做了一件有趣的事。

熊岛叹了一口气。

艾普丽尔的耳朵噌地一下竖了起来。

岛是不可能叹气的，对吧？艾普丽尔更仔细地听了听。又是一声叹息。那叹息里没有快乐，不是吃完生日大餐或一整块白巧克力后的那种满足的叹息。那是另一种叹息，是成年人看新闻，看银行账单，或是拿起电话听到坏消息时发出的叹息。

就是那种叹息。

艾普丽尔战栗着坐了起来。她揉了揉鼻子，又使劲擤了擤。但熊岛发出的声音仍在她耳边环绕。

“熊熊？”她焦急地看着面前的熊熊，“你听到了吗？”

熊熊从地上站起来，缓慢地转过身，看着艾普丽尔。艾普丽尔终于明白，自己快找到熊熊被困在熊岛上的原因了。

18

山 顶

艾普丽尔还没明白发生了什么，她就已经骑到了熊熊的背上。他们正朝着岛的一端跑去。那是一条艾普丽尔没有走过的路，那片山脉也是她不曾了解的地方。山里有冰冷的溪水，水流翻滚着冲向大海。山里还有开满紫色花朵的荆豆丛。熊熊跳过小湖泊，成群的海鸥被惊起，飞散在空中。在他们的右边，灰色的海浪汹涌澎湃。远处，一只北极狐受到惊吓，惊惶地跑掉了。

近处，铁色花岗岩构成的山脉气势宏伟，看上去特别高。到处都是海鸥的叫声，尖锐而刺耳。熊熊穿过海鸥群，鸟儿们四下散开。然后，它径直朝最大的、最陡峭的、最令人生畏的山峰走去。

接着，它开始向山上攀爬。

这座山十分陡峭。有些地方特别险峻，艾普丽尔就会紧紧抓住熊熊，生怕自己滑下熊背，滚到山脚。山峰实在太陡，有时感觉他们好像不得不返回了。熊熊的脚下似乎快没路了。

可它还在继续，继续向上爬。

这似乎证明了它的蛮力、它的决心或它内心的勇气。他们爬啊爬，一直快爬到了山顶。山顶有块摇摇欲坠的岩石，上面有积雪，面积和小木屋差不多大。岩石如一根尖锐的针刺向蓝天。熊熊不可能爬到那上面去吧？那块岩石像一堵无法逾越的花岗岩墙耸立在他们面前。艾普丽尔的心在胸中旋转，她使劲握着手指，连指关节都疼起来了。

熊熊稍停了一会儿，然后俯下身，用尽全力深吸一口气，纵身一跃，腾空而起，飞向山顶。

时间停止了。

一切都在这瞬间静止了。这一定格是那么的珍贵和美丽：艾普丽尔紧紧地抓住熊熊，熊熊也牢牢地护着艾普丽尔，他们俩一起在空中飞翔。一切都沉浸在寂静之中，是重大事件来临之前的那种寂静。

这一刻持续了很长时间，也许，有一生那么长。

在这永久的瞬间里，艾普丽尔脑子里闪过许多想法。山顶似乎那么遥不可及，而通往山脚的路又是那么漫长。尽管很害怕，但她却本能地、信任地将生命交给了熊熊。最重要的是，这是她生命中最美好、最完美的夏天。还有很多想法——或许不能称它们为想法——因为在这一瞬间产生的不会是想法，而是一种情感。

她在飞翔。

她似乎感觉不到自己在地球上。

她觉得自己像云朵一样在空中跳舞，星球在远处旋转，流星从身边划过，彗星闪耀着光彩。

多么壮观啊。

气流从她耳旁冲过，让她觉得自己像只鸟一样。正当艾普丽尔适应了失重的感觉，这时，他们重重地落在了山顶。熊熊的前掌在雪地里滑了一阵后停住了。

被推动的卵石翻滚到崖边，掉落到山下，摔得粉碎。熊熊颤抖着，重重地喘息着，最后，它俯首瘫倒在地。它的呼吸在寂静寒冷的空气中凝结成形状各异的雾气。

艾普丽尔从熊背上滑下来，轻轻地落在雪地上。她的腿很疼，她的双手因为用力抓握熊熊而酸痛，她的耳朵像在燃烧，但她的内心却闪着光亮，迸发着生命的活力。

她喘息着仰面躺了一会儿。天空近得仿佛都能触摸到。她竟然身处这么高的山顶！在没有乘坐飞机的情况下，这是她到过的最高的地方。因为太高，她有些眩晕，嘴里有股说不出来的味道。

她侧过头，看到整座岛屿如织锦般在山下铺开。无数个小湖泊像织锦上鲜艳的蓝色图案。远处，海象湾沙滩似乎在咧嘴微笑。一直朝南的方向，有两个红色的小点，那就是生活小屋和气象小屋。

她又将头扭到另一边，看到的全是海水。海水，海水，无尽的海水。而他们俩只是无边灰色海洋中的一个小斑点。熊岛看上去很渺小，艾普丽尔也觉得自己小得难以置信。但这次的感觉和以往不同，这一次，艾普丽尔感受到了锐不可当的力量。

“熊熊？”她起身问道，“哦。”冰冷刺骨的空气让她突然眩晕起来。

她把头埋进膝盖间，等待眩晕消失。过了一会儿，也许过了好一会儿，当她再次抬起头，睁开眼竟没看到熊熊。

随后，她发现熊熊就坐在她身后。熊熊面朝大海，凝视

着海水。艾普丽尔感觉到它内心深处的忧伤。

“熊熊？哦，怎么了，熊熊？发生什么事了？”她急忙来到熊熊身边，“你为什么不高兴？”

艾普丽尔几乎不敢直视熊熊。大多数人类察觉不到动物的痛苦，因为动物表达情感的方式和人类不同。而艾普丽尔却知道区别。人们从动物们的脸上看不到情感并不意味着动物们没有感受。熊熊的情感和人类的情感一样真实：率直、不加掩饰、本真。

熊熊的眼睛最为厉害。柔软得像融化的巧克力般的眼睛变成了深不可测的井。艾普丽尔不敢看那双眼睛，她怕自己会掉进去。熊熊浑身散发着一种凄凉，那是在空旷的、被人遗忘的荒野墓地里感受到的凄凉；也是赛马场上，摔倒在地的马匹被帐篷遮挡起来的凄凉。熊熊美丽的耳朵耷拉着，紧贴着它的脸。它的下巴也松松地低垂着。这时，艾普丽尔明白了，熊岛的叹息其实就是熊熊内心悲伤的回声。

“哦，熊熊。”

最后，本能占了上风。艾普丽尔伸出双臂搂住了熊熊的脖子。她的脸颊贴在熊熊的皮毛上，贴在它的耳朵和眼睛间那块柔软的、毛茸茸的地方。她吻了吻熊熊，所有人都知道亲吻动物是很好的交流方式。她亲吻着，一遍又一遍。因为，艾普丽尔不高兴的时候，她最想要的就是亲吻。有人拥抱她，亲吻她，这让她觉得一切都会好起来。

“一定是发生了什么可怕的事情，你才会这样悲伤。熊熊。”艾普丽尔低声说道，她的双臂拥抱着熊熊的脖子，“如果你准备好了想告诉我，我保证会仔细听。”

19

熊熊的故事

于是，熊熊用这样的方式，向艾普丽尔讲述了它的故事。

北极熊不会说话，自然也就不会使用语言。不过，熊熊也不需要语言来讲故事。有些故事，即便用尽世界上所有的语言，也很难讲出来。艾普丽尔知道，熊熊讲故事的方式和其他动物一样。她要做的事就是坐下来，仔细倾听。为了更好地理解熊熊，她还需要一些理智的直觉、敏感和智慧。

山顶的风在艾普丽尔耳旁呼啸，寒冷刺痛着她的脸。她屏住呼吸，坐在那里等待。起初，熊熊只是来回踱步，用脚掌翻腾着积雪，笨重的脚步声充满了愤怒。但不一会儿，它就独自走到远处的崖边，背对着熊岛，鼻子朝向北方。

事情突然清晰了。

所有一切都豁然开朗了。

“原来是这样。”艾普丽尔轻柔地说道，“那就是回家的路，对吗？那是北方。”

风呼呼地吹着。远处的海浪拍打着岸边。山顶上，艾普丽尔用力抓住真相，唯恐一不留神让它溜走。

“正北方是斯瓦尔巴群岛。”艾普丽尔说，“我和爸爸来这里坐的那艘船，它要去的地方就是那里。小托告诉过我那里的一些情况。”艾普丽尔翻遍脑袋，想回忆起小托说的话。可是，除了小托蓝色眼睛透出的坚定目光，还有自己晕船反胃，其他的她好像什么也不记得了。不过，有件事她很确定，那就是爸爸在和她谈话中曾说过：“那里有很多北极熊。”

熊熊缓缓地转过头看着艾普丽尔。在熊熊深褐色的眼睛里，艾普丽尔看到了以前从未见过的东西——它对家乡的思念。

“你就是从那里来的，对吗？”艾普丽尔轻轻问，“那里是你的家。”

尽管熊熊不会说话，但当它看向远处的斯瓦尔巴群岛时，它的脸上闪出一丝光亮。那光亮如同午夜的太阳般耀眼，照得艾普丽尔眨了眨眼。

“可是，斯瓦尔巴群岛离这里有两百五十多英里。”艾普丽尔继续问道，“你是怎么到这里来的呢？尤其熊岛周围的冰盖都融化了，你怎么做到的呢？”

熊熊的耳朵又耷拉下来贴在头上。这意味着它对某件事不高兴。当然，冰盖融化是不会让它高兴的。这对所有的北极熊来说都不是好事。那就像有人来到它们家，抢走了它们的东西一样。艾普丽尔爬到熊熊坐的地方，小心翼翼地和崖边保持一定距离，然后她将头靠在了熊熊的背上。熊熊稍稍倾斜，回应着艾普丽尔的触碰。艾普丽尔抚摸着熊熊的耳朵下方，那里十分柔软。他们就像在听一首摇篮曲。果然，艾普丽尔很快就感觉到熊熊放松了。此时，艾普丽尔的大脑飞速转起来，就像爸爸的气象小屋里那些运转中的仪器，嗡嗡作响。她要把熊熊最后的记忆碎片拼接起来。

“你不可能乘船到这里来。你不可能这么一路游过来。所以，唯一说得通的就是，冰盖是不久前才融化的。”艾普丽尔大声说出自己的思考。她确实从未想过问爸爸这个问题——熊岛周围的冰盖是什么时候融化的。百科全书上也没有提到过这一点。所以，她一直以为冰盖融化是很久很久以前的事。一想到这是最近才发生的事，她的胸口奇怪地疼痛起来。

“对不起，熊熊。人类有时就这样……不顾他人。哦，我不会这样，其实所有人都不会这样。大多数人都不是故意的。你知道的，我们只是不知道怎么对待冰盖、塑料垃圾，还有那些像你一样受苦的动物。说真的，这一切让人觉得好严重，好可怕。我们好像面对着一堵巨大的墙。所以，有时候，什么都不做是最简单的吧，大家都希望有人能解决这些问题。”艾普丽尔无奈地耸了耸肩，“即使有人想做点什么，但如果是我这么小的年龄，那他说的话都没人听。”

这时，熊熊突然发出一声吼叫，惊得艾普丽尔险些跌倒。

“你是对的。”艾普丽尔赶紧站稳，说道，“那不是借口，你生气是有道理的。不能因为我小，就有理由不去想办法。我保证从现在开始，我要努力。特别是我现在已经学会了吼叫。”

艾普丽尔一直等到熊熊重新平静下来，她才再次坐到熊熊身边。

“可我还是不明白，到底是什么原因让你不能回家呢？”

逐渐显现的答案开始重重地撞击艾普丽尔的胸口。

“也许，在你很小的时候，你和你妈妈一起来到了这里。后来，它生病了，或者受伤了，或者发生了其他事。”艾普丽尔知道自己只是猜测，但这样的讲述是有根据的，因为北极熊的幼崽和母亲一起生活的时间至少有两年，“后来，等它好了，熊岛周围的冰盖已经融化了，所以你们就回不了家了。”

艾普丽尔转过身看着熊熊，想得到它的确认。艾普丽尔已经非常习惯自己和熊熊的这种交流方式了，所以她能准确地解读熊熊的情绪，她能感受到熊熊流露出来的悲伤。

“你们就困在了岛上。”艾普丽尔哽咽着抱住了熊熊的脖子。这就是眼前的结局，她强打起精神继续问道：“然后呢？”

熊熊抬起头，久久地望着远处的海。艾普丽尔明白它还没有讲完故事。最后，熊熊转过身。顷刻间，真相袭来，艾普丽尔颤抖着深深地吸了一口气。

“天哪！你妈妈去世了？”艾普丽尔绞尽脑汁寻找原因，“因为你们俩没有足够的食物。肯定是啊。哦，熊熊，这真是太可怕了。”她把脸贴在熊熊的皮毛上，抚摸着它的耳朵。她用力地拥抱着熊熊，亲吻它流下的眼泪。她感觉到自己的心在抽动。“你妈妈去世后，你自己困在这座岛上有那么长的时间啊。”

艾普丽尔的额头抵着熊熊的脸，她的双手环抱着熊熊的脖子。她的指尖感受到熊熊在战栗。“可怜的熊熊啊。”

熊熊挣开艾普丽尔的手，用力地、大声地、凶猛地吼叫着。大地在吼声中隆隆作响，云朵吓得四处飘散。

“我要为这件事做点什么。”艾普丽尔发誓道，“我保证。”

20

困 境

“您向谁汇报气温呢？”第二天，艾普丽尔早餐时问爸爸。

“气温？”爸爸手里拿着一杯茶，惊愕地抬起头。

艾普丽尔已经有一段时间没和爸爸主动交谈了。也许是几个星期，也许是几个月。自从她到气象小屋帮忙，爸爸冲她大喊大叫的那天开始，她就再没和爸爸好好交谈过。从那天起，她就迷失在和熊熊的友谊中了。但那种迷失不是糟糕的迷惘，而是一种快乐的沉迷，就像在魔法森林里迷了路，周围的一切都可以吃，甚至连天空也可以吃。可是，今天，她抬起头，仿佛从昏迷中苏醒过来，发现爸爸还在那里。有那么一瞬间，艾普丽尔想，是不是爸爸一直都这样看着她呢。然后，她回到了现实中。

毕竟，她向熊熊做了承诺。

“是的，就是您现在记录的那些气温。”她说道，“您向谁汇报呢？”

爸爸小心翼翼地将杯子放到茶碟上，饶有兴趣地看着她：“向挪威政府汇报。”

“好的。”艾普丽尔嚼着她的燕麦饼干，陷入了思考，“那么他们用那些气温做什么呢？”

“用来做研究，艾普丽尔。”爸爸回答道，“我们测量气温，然后判断每年的气温差别。”

“是的。”艾普丽尔摆了摆手，“我知道。但他们到底用那些气温来做什么呢？等他们拿到那些气温数据以后。”

“做什么？”爸爸问。

“是的。”艾普丽尔回答，“他们用那些气温数据做什么呢？气温影响的不仅仅是北极熊和其他北极动物，对不对？北极的气温影响着地球上的每一个人。”

“的确如此。”爸爸看上去有些担忧，但也仅此而已。不过，话说回来，大人们说起全球变暖的问题时，都是这样的表情——有些担忧，但也没什么大不了的。世界正处于危机之中，这个困扰艾普丽尔的问题似乎并不困扰那些大人们。

艾普丽尔握紧拳头，努力地回忆自己读过的那些数据。

她稳住自己的声音说：“阳光照在冰面上，冰能反射大约百分之六十的光。”

“百分之八十。”爸爸更正道。

“那就百分之八十吧。”艾普丽尔抬头看着他，“那么，当所有的冰都消失后会发生什么？”

“如果所有的冰都不见了，那就意味着阳光会直接照射海洋。”爸爸回答，“当这种情况发生时，海洋温度就会上升，紧接着，海平面会上升。”

“那冰盖呢？”艾普丽尔故作镇静地问道，她的指甲都掐进了手掌里，“冰盖已经融化了多少？我知道它们已经融化了许多……但到底有多少？”

爸爸清了清嗓子，说：“根据美国国家航空航天局的数据，自二十世纪八十年代以来，北海水域的冰在夏季覆盖的面积每十年缩减百分之十三以上。这基本上相当于损失近一百万平方英里的海冰。”

“一百万？”艾普丽尔十分震惊，仿佛地板裂开一道缝，要将她整个人吞下去，“那么这是真的了？我知道它们在融化，但我不知道它们融化得那么快。”

“是啊，”爸爸的声音听上去像一位最好的老师，“实际上，过去二十年里融化的极地冰盖超过了过去一万年融化的总和。”

“那么我们必须做点什么！”艾普丽尔不再假装镇定，大声喊道，“不管怎样，我们要改变这种情况！把冰盖还给极地。为什么人们不做点什么呢？为什么您不多做一些呢？”

爸爸皱起了眉头。显然，这个问题他从没问过自己。他那浓密的眉毛拧在一起，像一只困惑的毛毛虫。“我不知道。”

艾普丽尔放下手里的燕麦饼干，掸掉手指上的饼干屑。她要把谈话引到正题上来。人类把地球搞成这样，这不是爸爸的错，这是所有人的错。

“您说过熊岛周围的冰盖已经融化了。”艾普丽尔想证实熊熊的故事，她问道，“冰盖融化有多快？是慢慢融化的，还是突然很快就融化了？”

“嗯……”爸爸说，“通常情况下，融化过程非常缓慢，但是有一年，气温陡增。”

“什么时候？”

“一时想不起来了。我不记得了。”

“再想想吧！”艾普丽尔探过身，抓住他的手臂，“这真的很重要。”

爸爸惊讶地看着艾普丽尔放在他胳膊上的手："如果你真的感兴趣，我可以查一查日志。"

"您现在能查吗？"艾普丽尔焦急地催促，"求您了。"

爸爸叹了口气，不过，他还是放下了手里的茶，去了气象小屋。他回来的时候，抱着一大堆日志，然后放在了桌子上。他打开其中一本。"这一栏显示了过去十年里熊岛的年平均海水温度。你可以看到，大部分时间，海水的温度上升得很稳定。但是，这里。"他指了指其中某一栏数据，"海水温度突然升高。"

"是哪一年？"

"七年前。"

"您确定是在那个时候，熊岛周围最后一个冰盖融化了吗？"

爸爸点了点头。

艾普丽尔往后一靠，心里咯噔了一下。熊熊困在熊岛已经七年了！它一直困在岛上，无法回家。

"这不公平！"艾普丽尔沮丧地喊道，"世界变得这么乱七八糟，不是它们的错。是我们的错！"

"不是谁的错？"

艾普丽尔茫然地看着爸爸。

“你刚才说‘不是它们的错’。”

“那些熊！”艾普丽尔恼怒地说道，“北极熊。这座岛是以它们的名字命名的，可它们却再也不能到这里来过冬了！”

“这种讽刺的确有些残酷……当然，这也非常可悲。”爸爸急忙补充道。

“那其他冰盖呢？”艾普丽尔继续问道，“那些靠近北极的冰盖，斯瓦尔巴群岛周围的冰盖，它们还在那里，是不是？”

“是的。”爸爸说，“暂时是这样的。”

“所以，北极熊还可以继续在那里生活？”艾普丽尔问道。

爸爸点点头。

爸爸的下巴上沾着橘子酱，他的手指瘦骨嶙峋，他的鹰钩鼻成天钻在日志堆里，他显然不是拯救者。但对艾普丽尔来说，爸爸就是唯一的救星。她交叉手指祈祷好运，然后给了爸爸一个美好的微笑。虽然这个微笑有些苦涩，但又有什么关系呢。

“要是我告诉您，有一只熊一直被困在岛上，您会怎么想？”

爸爸连头都没有抬一下。

“爸爸！”艾普丽尔的语气坚定起来，“岛上有一只北极熊，我需要您的帮助。”

“哦？”爸爸心不在焉地瞥了她一眼，艾普丽尔看得出来，爸爸没认真听。

“听我说，好吗？”艾普丽尔极力克制住自己的声音，但说出来的话还是有些发抖，“这里有一只北极熊。它是世界上最善良、最棒的熊。我需要您的帮助，请您放下手里的日志，立刻放下。”

爸爸真的放下了日志。只见啪嗒一声，日志掉到了地上。现在，艾普丽尔抓住了爸爸全部的注意力，可这并不是艾普丽尔所期望的方式。其实，爸爸看她的神情，让她有些反胃。

“艾普丽尔。”爸爸缓慢而谨慎地说道，似乎艾普丽尔很愚笨，“你刚才说什么？”

艾普丽尔咽了咽口水，说：“在这座岛上，有一只北极熊。”

爸爸盯着艾普丽尔看了好久，然后说：“熊——岛——上——没——有——熊。”他摇了摇头，继续说：“根本不可能有熊。”

“但是真的有一只熊！而且它一点都不危险。”艾普丽尔哭起来，“我只是想帮它，您不明白吗？它不应该待在这里！”

爸爸继续盯着艾普丽尔，好像她已经失去了理智。然后，最糟糕的是，爸爸认为艾普丽尔是在开玩笑，他拾起了地上的日志。

“您不相信我，是吗？好吧，您去储藏室看看！”艾普丽尔不顾一切地说道，“您就知道我说的是真的了！”

“储藏室？这和储藏室有什么关系？”

“您会明白的。您就去看一看。”

爸爸慢慢地站起身，清了清嗓子，然后，他打开了储藏室的门。

“艾普丽尔！”爸爸一把扶住门框，“食物！食物都到哪儿去了？”

“刚才我告诉您了！那只熊很饿，饿得皮包骨头了。但是，它后来又能捕食了，加上我喂它的那些食物，您现在应该可以见见它了。它看起来——”

爸爸转过身来，问道：“艾普丽尔，你做了什么？”

这是艾普丽尔从未听过的语气。她感觉吞咽有些困难。

“我把食物给熊了。”

“给熊了！”

艾普丽尔点点头。

“给了一头北极熊。”爸爸砰的一声坐到沙发上。日志散落在他的脚边。他的脸上有一种奇怪的、恍惚的表情，艾普丽尔感到一阵潮乎乎的燥热。“奶奶说得对。”爸爸说道，“我带你到这里来是个错误。水手们说，这座岛会对大脑产生奇怪的影响。让你独自待这么长时间，这是我的错。我努力工作，没有像我希望的那样多花时间陪伴你。为什么会这样，这其实也很正常，你想象出一个朋友来陪你。”

“它不是我想象出来的朋友！”艾普丽尔大喊道，“我像妈妈。我只是与众不同。您以前自己这么说过！”

“是的，我说过，但你妈妈不同，她不捏造动物。艾普丽尔，她也不会扔掉我们的食物。”爸爸眯缝起他的灰色眼睛，流露出一种可怕的、厌恶的怜悯，让艾普丽尔难过得想哭泣，“我亲爱的孩子，这就是你想要的关注吗？”

“不是。”艾普丽尔转过头，她不想让爸爸看到她的眼泪，“我很早以前就不想要了。”

就在这时，爸爸对着手帕使劲地擤了擤鼻涕。“好吧。”他擤完鼻涕，完全无视艾普丽尔刚才说的话，宣布道，“我们在这座岛上只剩六个星期了。”

“六个星期？”艾普丽尔大吸一口气，“我们只剩下六个星期了吗？”

21

计 划

接下来的日子，艾普丽尔察觉到了爸爸注视她的目光，那不是温暖舒适的、充满父爱的目光，而是一种怀疑的、不信任的眼神。每次艾普丽尔和他在一起，她都觉得自己像个陌生人。爸爸甚至还清点了储藏室里剩余的食物，这样，艾普丽尔就不可能再拿出任何东西了。不过，好在艾普丽尔早已预料到这种紧急情况，她在床下藏了一些食物。可那些食物也撑不到六个星期，现在看来，迫在眉睫的事是想出一个帮助熊熊的计划。

“我们屋里怎么会变得这么乱？”艾普丽尔环顾周围，好像第一次正眼看客厅。

整个夏天她都忙着玩，眼里看不到那堆没洗的衣服、杯子、茶壶和空罐头盒。最后，她找到了那本北极圈的书。书夹在一罐变味的咖啡和爸爸那件佩斯利漩涡花纹背心中间。她赶紧翻到了斯瓦尔巴群岛的那一部分。

书中掉出来几张茴香糖的包装纸。原来，那是一个群岛，位于挪威和北极之间。群岛百分之六十的部分是由冰川组成的。这里是海鸟、北极狐、驯鹿，还有三千多只北极熊的家。

“我知道该怎么做了！”

答案的最终出现让艾普丽尔感到血管里有股暖流在涌动。太明显了！一切都那么明明白白地注视着艾普丽尔。她只有一件事要做。她不必将熊熊留在那个可怕的、孤独的洞穴里了。

她要带熊熊回家。

回到斯瓦尔巴群岛。

“你在那里会有很多朋友。也许有些还是你的亲戚！像表兄妹啊，姑姑和叔叔什么的。也许，你还能认识女朋友。”她低声说道，期望熊熊能听到她的话，“你不会再孤单了。”

现在唯一的问题就是距离。

斯瓦尔巴群岛距离熊岛大约有一天的船程。对熊熊来说，游过去太远了，否则，它早就游回家了。不过，还有一种方法可以带它回去，即便没有爸爸帮助也可以。

艾普丽尔的计划已经有了雏形。

其实，海象湾那艘倒置的船就是船啊。

“或者说，更像一艘独木舟。”艾普丽尔站在那艘船面前，喃喃自语，“只不过是一艘比较大的独木舟。反正对我们俩来说，这艘船足够大了。”

这艘船的船体是黄色的，船头船尾向上弯曲，就像一艘维京船。船体上，有些地方的油漆已经脱落了，但当艾普丽尔用手套擦拭时，船依然闪烁着光亮，像冬天里的阳光。

“你以前很漂亮，对不对？我想知道你是怎么被搁浅在这里的。你也是被遗弃在这岛上的吗？”艾普丽尔凝视着周围，到处都是人类在海象湾留下的残迹。破旧的小屋，毁坏的码头，生锈的铁链，还有被冲上岸的塑料瓶。“我们怎么会变得这么乱？”艾普丽尔问道。这句话，她一天里说了两次。

她叹了一口气，将注意力回到船上。船上有两个木凳，一个旧船桨和许多卵石、沙子、贝壳和泥土。不过，幸运的是，船体上看不到漏洞。

“第一件要做的事就是把你清理出来。”

艾普丽尔用余光瞥见海水撞击着海岸。有些海浪和艾普丽尔一样高，有些甚至更高。艾普丽尔心里一紧，跳了起来。哼，偏不信！不管这段旅程有多危险，也不管她晕船有多厉害，她一定要把熊熊带回家。

还有一个选择，不过有些难以想象。

接下来的几天，艾普丽尔仔细研究了地图，还有百科全书上关于长途航海生存技巧的详细介绍。只是，阅读的航海资料越多，她就越感到准备不足。她哪里知道海浪的形状可以预示风向的转变，航海术语使用的特殊词汇就有一本字典那么多，还有，判断天气状况要用第六感?

艾普丽尔看着墙上的熊岛地图，着急地直咬嘴唇。她只有一件事要做。现在这种情况绝对是紧急情况，此刻，爸爸在气象小屋，所以，现在是最好的时机。

她把那个信封放在了自己的床头抽屉里。信封有股淡淡的鲭鱼味、旧绳子味和其他杂味。那是一种令人舒适、安全的味道。也正是这个味道，在艾普丽尔改变主意之前，说服她拨通了那个电话号码。

电话响了两次。

“你好？”电话声音出奇地清晰，就好像他在隔壁房间里，“你好？”

艾普丽尔的嘴唇莫名其妙地干燥起来。“是小托吗？”她勉强挤出一句话，“是我，艾普丽尔。艾普丽尔·伍德。”

“艾普丽尔？”他的声音听上去很惊讶，好像他从没想过会再次听到艾普丽尔的消息，“你们在岛上一切都还顺利吧？”

艾普丽尔点点头，然后她突然意识到对方看不见自己，于是匆忙回答道：“是的。一切都很好。”

艾普丽尔停顿了一下。她向来都不擅长打电话，现在和一个只见过一面的人说话更让她感到紧张。她把电话抓得更紧了。

“我能帮你做点什么呢？”他在艾普丽尔的沉默中问道。

“我只是想问你一个关于航海的问题。”艾普丽尔回答道，她手指交叉，希望自己的话听上去可信，“我正在……给学校写一份报告，我要向大家展示如何乘船从熊岛到斯瓦尔巴群岛。”

“你是想保证船行驶的方向正确吗？”他问道，“那样船上的人们就不会到纽约去了。”

“差不多是这个意思。”艾普丽尔勉强赞同。

“嗯。我们过去用星空图来寻找路。”

“星空图？”艾普丽尔心想，百科全书上可没提到过这个，“你是说星星的位置吗？”

“是的。不过，现在用指南针要方便很多。”

吁。艾普丽尔松口气，她有一个指南针。

“你还需要一张巴伦支海海图。”

艾普丽尔看了看手里的地图，有些旧，还有些卷边。但也没有其他办法了。

“还需要一个 GPS，全球定位系统。”

“一个什么？”

“GPS 和卫星连接，显示你所在的位置。”小托正说着，电话里出现了嘶嘶声。他提高了嗓门，好让艾普丽尔听到：“世界上所有地方，包括像熊岛这么小的地方，都有自己的坐标。水手们用这种工具导航。我们把这些坐标当成是现代的星星。”

“要是没有 GPS，你能辨别方向吗？”艾普丽尔也提高了自己的嗓音，问道，“或者，没有星星，你能辨别方向吗？”

“可以。”他回答道。这时，电话开始发出快断线的噼啪声。小托又提高了一些声音：“但是……会很难……你要依靠……你的指南针。设定它的……坐标……斯瓦尔巴群岛。要……小心……风向。”

她可以从地图上找到坐标，这很容易做到，然后，再沿着指南针的方向就能到那里。

“艾普丽尔？”小托问，这时，通话突然又变得清晰了，“你还在听吗？”

“噢！”艾普丽尔一惊，她发现爸爸在窗外，正朝木屋走来。“我要走了。”她赶紧说道，“很感谢你！”

艾普丽尔不容小托缓口气回答，就挂断了电话。

“都挺好吧，艾普丽尔？”爸爸带着一股寒冷冰冻的空气和一丝茴香糖的味道走进木屋，问道。

“非常好。”艾普丽尔一边回答，一边从爸爸身旁经过，出了门。

不能再失去什么了。现在应该告诉熊熊了。

艾普丽尔来到海象湾，熊熊正在海浪中玩耍，一会儿像海豹躲在浪花下，一会儿又幸福地冒出来。它还没有看到艾普丽尔，于是，艾普丽尔就这样看着它。

艾普丽尔忍不住将此刻的熊熊与她第一次见到的熊熊做对比。那时，熊熊的皮毛灰灰的，没有光泽，还十分粗糙；现在，它的皮毛那么光滑，像星辰般闪着光亮。曾经，它的耳朵低垂；如今，两只耳朵在它的头上快乐地摆动着。艾普丽尔再也不可能数清它的肋骨了。它已经长大了，甚至还有些胖乎乎的。它的脸上洋溢着满足的容光，就像饱餐美味的人们正要打一个大饱嗝。

它看上去就是北极熊应该有的样子。

快乐，健康，充满活力。

随着一阵哽咽，艾普丽尔突然意识到她和熊熊在一起的时间就要终结了。一个星期前，太阳终于降落到地平线下，这标志着今年的午夜太阳结束了。艾普丽尔的表也重新开始计时，嘀嗒嘀嗒地记录着他们共处的日子。

“熊熊。”艾普丽尔低声说道，她的声音就像砂纸摩擦般嘶哑。

但熊熊听到了。它抬起头，耳朵动了动，然后，它整张脸都亮了起来。每次它看到艾普丽尔，它的脸都会这样亮起来。它抖了抖身上的水，海滩上顿时散开数不清的彩虹水珠。然后，它朝艾普丽尔飞奔过去。来到艾普丽尔身边，它轻轻地用鼻子蹭了蹭艾普丽尔的肩膀，表达它的问候，接着，它又舔了几下艾普丽尔的脸。等他们俩互相吼叫后，艾普丽尔就把下巴贴在熊熊的胸口，呼吸着它的气味。

那是一种像家的气味。

艾普丽尔眨了眨眼睛，把鼻子埋进熊熊的毛中，张开双臂抱住它，然后使劲地哽咽起来。她不需要说什么。

因为，熊熊都知道。

她的喉咙有些痛。她凝视着白雪皑皑的山脉。最终，她确定自己能说出话来了，便说道：“我很快就要回家了。不是因为我想回家，而是因为我必须回家。我必须上学才能通过考试，这样我才能在长大后做重要的事。”她继续说道：“但是你知道吗？其实，我不用等到长大后才去做重要的事。我不能把问题留给别人来解决。我要为拯救北极去做一些事，这也许是在拯救地球。而这些事现在就开始了。”

她深深吸了一口气：“我不会离开你，熊熊。我有一个计划。”

艾普丽尔捧着它的脸，他们俩就这样对视着。熊熊的巧克力色眼睛温暖而有光泽，它的注视令艾普丽尔心都融化了。在她的生命中，从未有谁能像此刻的熊熊那样看着她。

“这个计划很危险，可是我们没有其他选择了。要么这样，或者……嗯，那不太可能。嘘，没关系的。”她用指尖抹去它脸上的水珠，抓了抓它左耳下方，那是它喜欢的动作，“其实，我很害怕。我没有你那么勇敢。我不可能像你那样，一个人待在这里那么多年。但是，这总比什么都不做要好。而且，你知道，人类擅长什么都不做。我不想再做那种人了。”

她抬起下巴，更加自信地说道：“所以，你要答应和我一起去，即使你觉得那可能是世界上最糟糕的计划。”

然后，艾普丽尔指了指那艘船。

熊熊的耳朵动了动，它的胡须也发出了响声。突然间，它往后一退，艾普丽尔只好松开手，避免自己被甩到沙滩一边。熊熊随即后腿直立，像一座摩天大楼耸立在艾普丽尔眼前，然后它愤怒地吼叫起来。艾普丽尔从没听过熊熊这么响亮的叫声。要是他们俩现在站在悬崖边，那吼声恐怕会传到月亮上，再回传到地球来，往返好几次。

等熊熊吼完，艾普丽尔松开堵着耳朵的手指，站起身伸直腰，说道：“计划就是这样，熊熊，不管你喜欢不喜欢，我都要去做。你不能阻止我。但是，如果你真的同意，计划就会容易很多。”

熊熊又咆哮了起来，吼声震耳欲聋，淹没了艾普丽尔想说的话。这一次，太阳也躲了起来，大地在颤动，山在颤抖。它咆哮着，怒吼着，似乎持续了很长时间，说不清到底有多久。总之，艾普丽尔在它的咆哮声中走到那艘倒置的船旁坐下来，玩了至少十次翻花绳，而且还小睡了一会儿。最后，正如艾普丽尔知道的那样，熊熊吼不动了。

“这是你唯一的选择。你不能留在这里。”艾普丽尔小声说道。

熊熊最终将下巴靠在艾普丽尔肩头，轻轻地呜咽着，然后舔了舔她的脸。

“我要带你回家。”

22

意外惊喜

接下来的一个星期，艾普丽尔每天都会回到海象湾。每天，她都很感谢北方天空中的无数星星；感谢爸爸在这个时候遇到了关键仪器出故障，因为他要花时间修理，他也就没有注意艾普丽尔背着他所做的事。

最大的挑战就是食物。即便艾普丽尔做了严格的配给，但藏在她床下的食物几乎都被吃光了。所以，她必须争分夺秒，确保所有食物吃完之前，船能准备好。不过，她还需要留一些食物在旅途中吃。

到目前为止，她已经在船上储备了这些东西：

- 三罐松脆的花生酱（床底只留了一罐）；
- 最后四包燕麦饼干；

• 为自己准备了一罐西红柿汤，为熊熊准备了三罐炖肉；

• 一罐甜水桃子（她自己并不喜欢，但熊熊曾用融化人心的眼神恳求过她，希望她带一些甜食）；

• 三颗爸爸的茴香糖（这主要出自情感上的考虑。尽管她和爸爸闹翻了，但她仍希望有东西能让她想起爸爸）；

• 两加仑[1]的水；

• 一个开罐器；

• 爸爸的瑞士军刀；

• 指引他们前往斯瓦尔巴群岛的指南针；

• 一本关于北极圈的书，里面有巴伦支海的草图，那个地方位于熊岛和斯瓦尔巴群岛之间；

• 一块防水布，用来遮挡高大的海浪和风暴的袭击；

• 一些晕船药；

• 她的防水裤和外套，还有一顶防水帽；

---

[1] 加仑：英美制体积单位，分美制加仑、英制加仑。1 美制加仑约等于 4.55 升，1 英制加仑约等于 3.79 升。

- 两双毛线袜；

- 奶奶在前年圣诞节为她织的一件毛衣（尽管现在袖子已经有点短了）；

- 一个密封袋，那是她在厨房里找到的；

- 木屋的急救箱（拿走这个的时候，她有些不安，万一爸爸受伤了怎么办？）；

- 她的枕头；

- 最后，是她的那块心形卵石。

有些东西很重，比如水，艾普丽尔只能请熊熊帮她拉雪橇运过去；其他东西，艾普丽尔能轻松地藏进帆布背包里带过去。但不幸的是，她没有救生衣，这也许是她最需要的东西。不过，她会带上卫星电话，那是紧急情况下必不可少的设备，尽管她很担心自己拿走了电话，爸爸会怎么办。

修理船的过程更加困难。

首先，她要说服熊熊把倒置的船翻过来，这样她才能修理。幸好木屋里有一本关于船的书。在这本书的指导下，加上码头渔民夏初准备渔船的记忆，艾普丽尔将船里的碎片垃圾清理干净，然后用她在储藏室里找到的砂纸开始打磨，把所有的划痕、标记和凹凸不平的地方磨得平平整整。这个工作做起来比看上去艰难很多。就这样，时间一天天过去，艾普丽尔每天都来海象湾修理那艘船，她的手臂累疼了，手指也被划得灼热，后腰也一阵阵地痛。

艾普丽尔在气象小屋里曾找到过一些钉子和一把锤子。她又在废弃的船里找到一块木板，然后在舱底做了一个小隔断，这样，他们的物品就不会四处滑动。她还用一块软浮木修好了座椅。等东西都运到船上，最后的工作就是钉上防水布，这样可以保护他们不受高浪、坏天气，甚至海象的影响。还有许多担忧让艾普丽尔夜不能寐，其中最大的担忧是船能不能一直向北，找到去斯瓦尔巴群岛的路，而且之后还能找到返回熊岛的路。她有指南针，却没有发动机或船帆。她只有一支船桨，而她必须自己划桨。

这个要求实在太高了。但是，除了带熊熊离开这里，她也别无选择，她只能这样做了。

出发的日期定在 9 月 10 日。他们的食物供给只能维持到这天。

“剩下的食物没有多少了。”艾普丽尔告诉熊熊，“所以我们必须在那天出发。别担心，还有一个星期，希望到时候天气能好一点。”

艾普丽尔修好船后，熊岛的雨水便泛滥起来。和艾普丽尔熟悉的家乡细雨不同，这里的雨厚重滂沱，如同针尖般划破天空。雨水横扫熊岛，海浪像鳄鱼一样跳出水面。这里的雨还十分寒冷，艾普丽尔每次出门都觉得冰冷刺骨。最终，她得了重感冒，打着大喷嚏，还流了许多鼻涕。

过去的两天，艾普丽尔一直躺在火炉前的沙发上休息。其实，她宁愿躺在床上，因为，那样就可以躲避爸爸的目光。每隔一会儿，她就会发现爸爸盯着她看。可是，她的卧室里太冷。她的头一阵阵地抽搐，浑身全是汗，舌头隐隐作痛。她很想动，却做不到。她抱着一盒纸巾和一罐番茄稀汤。她为自己感到难过，也为熊熊感到担忧。

“好消息。”爸爸放下卫星电话，说道。

“嗯？”艾普丽尔抽了抽鼻子。

爸爸今天早些时候使用了卫星电话，他询问如何修理那台故障仪器。艾普丽尔猜测这个电话是工程师打过来的。

“电话是我的老板奥尔森先生打来的。”爸爸说道，“那个要接替我们的人比预期的时间来得早。”

“什么？”艾普丽尔猛地打了一个喷嚏，“为什么？”

“显然，他之前的工作结束得比预期早，他很高兴能提前开始这里的工作。”爸爸继续说道，“这就意味着我们可以回家了，艾普丽尔。我不知道你怎么想，但我觉得我已经准备好回到舒适的环境中了。想象一下吧！热乎乎的黄油松饼上有橘子酱，新鲜出炉的司康饼滴着覆盆子酱，还有研磨咖啡和新鲜的牛奶。”

“但是……”艾普丽尔感到喉咙发紧，心怦怦直跳。她想说话，可却卡在了喉咙里：“但是……”

司康饼？橘子酱？研磨咖啡？

“我们还不能离开！”

“但是，回去对你更好。”爸爸说着，又朝她投过去那种眼神，“难道你不想回家吗？”

“不想！”艾普丽尔哭着说道，她又打了一个喷嚏，“我还需要一些时间。”

“需要时间做什么？”

“夏天刚开始的时候，您给了我这块表，说是因为Friluftsliv。现在，你要把Friluftsliv拿走了。”

爸爸张了张嘴，又闭上了。

艾普丽尔知道自己说得不清楚，但她不知道该如何解释。她能怎么解释呢？她得了重感冒，大脑一片混沌。她不能再提熊熊了，上次她和爸爸说起熊熊，结果谈话结束得很糟糕。现在，艾普丽尔能想到的就是熊熊的脸，还有它每次凝视艾普丽尔时的恳求眼神。

最后，艾普丽尔哭了。她没有号啕大哭，而是忍不住让沮丧的小泪珠顺着脸颊流下来。她猛地擦去眼泪，说道："您总是夺走我喜欢的东西。"

爸爸呆住了，似乎艾普丽尔朝他泼了一杯冰水："你说的不对。"

"就是！"艾普丽尔喊道，"您夺走了我救下来的老鼠。"

"因为那是一只老鼠啊。"爸爸说着，从上衣口袋里掏出他的男士手帕，抖掉里面的茴香糖糖纸，然后递给了艾普丽尔，"老鼠不能养在家里。"

"那动物救援中心呢？"

"什么动物救援中心？"

"没错！"艾普丽尔擤了擤鼻子，说，"他们需要志愿者帮忙打扫马厩，我要有同意书才能到那里工作。我问过您好多次，但您一直都没有签字！"

"可是……城市里怎么会有马呢？"爸爸问道，拿回了沾满鼻涕的手帕，“我还真没注意到附近有马厩。”

“那是因为您从来不听我说的话！”艾普丽尔恼怒地喊道，“您根本不知道我想要什么！您说我们要来北极圈一起共度时光，可您撒谎了！您一直忙着伤心妈妈的离开，您甚至都没看我一眼！要么就是这样，要么您就是在工作！”

爸爸的眉毛滑稽地动了动，他紧张的时候就会这样。他扬起嘴角，清了清嗓子，说道：“也许我们可以……等回家后，给你安排骑马课。”

“我不想上骑马课！”

艾普丽尔不是有意吼叫的。但吼声就这样冲了出来。要是熊熊在这里，它一定会为艾普丽尔感到骄傲的，因为，这是艾普丽尔迄今为止发出的最响亮的吼声。刺耳的吼声让爸爸的手抽搐了一下，杯中的咖啡溅到他的脸上。他用那块沾满艾普丽尔鼻涕的手帕擦了擦额头，稳定了一下呼吸，然后睁大眼睛看着艾普丽尔，好像这些年来他第一次看到女儿。

艾普丽尔回瞪着爸爸。

吼声在她胸口慢慢平息，可她的心脏仍旧在狂跳，血液在血管里涌动，就像滚烫的熔岩。

“我已经不在乎那些了。”她用平静的声音重复道，“我只是没准备好要回家。”

“艾普丽尔？”爸爸伸出手，似乎要拍拍她的肩膀。但他想了想，又将手缩了回去。“事情是这样的，我原本不打算同意，但是……上次谈论北极熊后，接着就是食物的情况……我想……我想你回家可能会好一些。所以……我就同意了。”

“那么，重新说不同意！”

“太晚了。”爸爸说道，“他明天就到。”

23
倒计时

艾普丽尔觉得自己比其他同龄女孩显得更成熟。“虽然我个头不高，但我至少不是一个爱哭的人。”她经常这样对自己说。

但是今天晚上，她冲进卧室，关上门，扑到床上，用枕头捂住脑袋，大声尖叫起来。

爸爸敲了一次门，接着又敲了一次。然后他就不再管艾普丽尔了。过了一会儿，莫扎特的 C 大调长笛与竖琴协奏曲飘满了整个木屋。这是一首平和、舒缓的乐曲。一呼一吸之间，艾普丽尔逐渐平静下来。

艾普丽尔的表现只是震惊而已。

她并不是有意要冲爸爸大叫大吼的。看看他脸上的表情！艾普丽尔以前见过他这么惊恐吗？没有。自从有一次他发现艾普丽尔在家里的单坡屋顶上玩侧手翻，他的脸变得煞白之后，艾普丽尔就再也没见过爸爸像今天这么惊恐了。艾普丽尔不禁笑了，但很快便停下来，她的笑声在空中凝固，就像凝固的牛奶。

新的气象学家明天就要来了。

明天！

她已经听到爸爸开始收拾他的东西了。

她坐起来，有意地来回摇头，想驱除掉感冒。她先将头往左边倾斜，像是要把感冒从耳朵里倒出来。接着，她又将头往右倾斜，想摆脱掉那些乱七八糟的记忆碎片。等她的头不那么晕沉沉时，啪地一下，她打开了窗户。一股冰冷刺骨的空气呼啸着扑到她的脸上。

终于，她的脑袋开始清醒了。

整座熊岛沐浴在微弱的晚霞中。尽管雨已经停了，但仍有水汽在空中盘旋。她可能再也看不到这种景色了，再也看不到阳光照耀下粉色的大海，再也看不到杏色的天空，再也看不到地平线上那三座雪冠山脉，再也看不到野荆豆和无数的蓝色湖泊，还有过去几个月里她曾探索过的那些秘密地方。

她用心地凝视着，久久地凝视着，她想把这一切都牢记在心里，直到她感到眩晕。

眼前没有熊熊的影子。

但没有关系。她知道，不管怎么样，熊熊都能听到她的声音。

“就在今天晚上。”她把手做成杯状放在嘴边，低声说道，“今晚午夜，我在船边等你。”

她竖起耳朵听，这是熊熊教给她的方法。她听到了远处海浪的隆隆声，海鸥的叫声，山的叹息声，还有大地轻柔的呼吸声。

然后。

一个声音传来。

那是熊熊的吼声。

那吼声在震颤中跳跃着、奔跑着，掠过地面，来到了艾普丽尔的窗边，砰砰地撞击着她的心。艾普丽尔紧紧地拥抱着熊熊的吼声，躺回床上，从头到尾把吼声吸进肺里。过了一会儿，她不再感到头疼，也不再流鼻涕了。她感到一种强大的东西充满了身心。

那是来自熊熊的能量。

船已经准备好了。

现在，艾普丽尔也准备好了。

等到夜里十一点，艾普丽尔穿上她的彩虹雪地靴，用力把帽子拉得很低。她还有最后一件事要做。

她轻轻地用平底锅热了一些盒装牛奶，倒进热巧克力中，搅拌好。然后，她给爸爸写了一封简短的告别信。信中的文字她斟酌了一晚上。

亲爱的爸爸：

对不起，今天我不应该冲您大喊大叫。我不是故意的。我只是很担心熊熊。我说的都是真实的。

我爱您。

艾普丽尔

另外，请不要找我，因为这一路太危险。

她不记得上一次对爸爸说“我爱您”是什么时候。自从妈妈去世后，她就再没说过了。现在想想，她觉得自己有点傻。妈妈去世并不意味着她和爸爸不能关爱彼此。

尽管她和爸爸闹翻了，也尽管这个夏天并没有完全按计划度过，但一想到爸爸杂乱花白的头发、粗犷的眉毛和温柔的灰色眼睛，她几乎要停止行动了。多么奇怪啊，在即将分别的时候，她却突然有许许多多的话想对爸爸说。

- “谢谢您，爸爸。”当她得了水痘，不得不请假三个星期，那段时间，爸爸每天都送她一盒巧克力。
- 她最喜欢的莫扎特的音乐是歌剧《费加罗的婚礼》中的咏叹调《你可知道》。
- 爸爸应该给自己买些彩虹雪地靴，这样可以让他看上去不那么严肃。
- 她很后悔没有多问问爸爸，他在大学里做哪些工作，他是不是真的喜欢那些工作。
- 还有，她想知道爸爸对妈妈的回忆中，最喜欢的是什么，这样，她和爸爸就可以一起分享了。

但现在想这些都太迟了。

她把茶壶、杯子和纸条放在爸爸卧室门口外。她没多想，直接将她的背包从卧室窗口推了出去。然后，她稍稍用力，自己也从窗口跳了出去。

24

船

雨又下了起来。这一次，雨像又厚又重的窗帘垂落到海象湾。水珠顺着艾普丽尔的脖子往下淌，沿着她的后背，流进了她的雪地靴里。

等她好不容易走到船边，她才意识到自己忘记带卫星电话了。她不能冒险回去取，她很为自己的健忘而自责。

她一看到熊熊，就把脸靠在了熊熊的胸前。那感觉就像把自己包裹在最柔软的羊毛衣服里，又像披着一百只毛茸茸的猫，还像抱着一个巨大的热水瓶。几分钟后，她的牙齿不再打战了。

靠近熊熊，能闻到它的气味。和其他动物一样，熊熊的味道略带些野性和麝香味，同时还有一丝甜味，令人感觉安全舒适。他们俩需要彼此相依，于是就这样待了很久。熊抱是最好的拥抱了，所以时间长短其实并不重要。

“我觉得我们最好走吧？”

船对艾普丽尔来说太沉了，她不得不让熊熊来帮着挪动。可是，让熊熊明白她的想法并不容易，因为熊熊更喜欢和海浪玩耍。最后，艾普丽尔只好用肩膀抵着船，拼命地推，可船却纹丝不动。这和让她去移动一座山没什么区别。瓢泼大雨中，艾普丽尔沮丧地用手拍打着船。

这时，熊熊好奇地走了过来。它放低肩头，推了推船。一开始，它只是顽皮地推着玩，可逐渐地，它用的力气越来越大。

艾普丽尔如释重负，她已经气喘吁吁了。

“加油，熊熊！你能挪动它！”

可是，船依旧一动不动。这艘船上一次被移动是什么时候呢？如果船被卡住了怎么办呢？如果船太沉不能动怎么办呢？如果熊熊永远被困在这里该怎么办呢？

艾普丽尔屏住了呼吸。

熊熊更使劲了。它用尽自己所有的力气来推船。它咆哮着、咕哝着、喘息着。终于，船吱吱嘎嘎地左右晃动起来，但还是没有移动。船在震动中发出声响。那声音像钉钉子声，也像牙诊所里的钻头声。

熊熊咧着嘴，低下头，再次使出强劲蛮力。然后，船发出了一阵刮擦声。接着，又是一阵。

“船动啦！你挪动它了！”

船一点一点地靠近海边，最终，第一朵浪花拍到了船上。船的每一丝挪动都令艾普丽尔欢呼，此刻，她趁机跳入船内。海水像冰雨一样落在她身上，她在惊恐中急促地呼吸着。

“再推一下，熊熊，我们马上就能到水里去了！”

熊熊沉下肩膀，用尽全身力气，猛地一推，船离开了海象湾，晃晃悠悠地漂在了海面上。

“我们下海啦！”艾普丽尔大喊道。船冲到第一个浪头上，接着又顺着浪花滑落下来。

熊熊站在岸边看着。艾普丽尔突然感到一阵恐惧和心痛，熊熊不会不和她同行吧，不会让她独自在海上漂流吧。她将手指伸进嘴里，吹响了口哨，祈祷熊熊能听懂她的呼唤。幸好，熊熊立刻明白了。它跳入海水，朝艾普丽尔的方向游去。

熊熊游到船边，然后爬了进去。整个船晃悠起来，艾普丽尔赶紧抓住熊熊。等她松开手，浑身都湿透了，而船已经随着寒冷的灰色波浪颠簸到远处了。

艾普丽尔吃力地固定好防水布。她想起爸爸警告过她不要靠近海边。现在看来一切都晚了。熊岛已经从视野里消失。她的胃翻江倒海，她赶紧系好最后一个绳结。

“我们已经上路了。”她小声说道。她在黑暗中依偎着熊熊，交叉手指祈祷好运。“下一站：斯瓦尔巴群岛。”

她不知道过去了多少小时。这期间，她划了很久的船，这比她想象的要难很多；她还喝了一些冷汤，和熊熊一起吃了燕麦饼干；她在船舱里靠着熊熊，缩成一团，打了个盹。后来，她醒了，因为船颠簸得就和坐过山车一样。他们腾空而起，升得像风筝那么高。在高处，她的肚子像是受到什么东西的挤压，十分好笑。然后，他们就不停地往下降落。

艾普丽尔伸出双臂想抓住东西保护自己，可是，身边也没什么东西能抓住。最后，她紧紧地握住了座椅，椅子的木头似乎嵌进她的手掌。她的脚趾冻得麻木了。船又摇晃起来。她的胃翻涌得很厉害。下巴也不停地撞击着胸口。

熊熊在她面前低声呜咽。

“嘘，现在别害怕。”艾普丽尔喃喃道。她的手松开座

椅，抚摸着熊熊的脸颊。“我们不会有事的。看到了吗？指南针一直指着北边。”

船又腾飞到空中，像飞机从跑道上起飞一般。他们俩飞得更高了，几乎冲到了浪尖上，接着又坠落下来。艾普丽尔克制着没有叫出声来。

“没事的。”艾普丽尔说，熊熊又呜咽起来，“我们会平安的。我看一眼外面，看看我们是不是快到了。”

她费力地想解开固定防水布的绳子，可她的手指冻得生疼。她只好用牙咬着绳子，这才松开了绳结。然后，她从缝隙中往外看。

“哦，天哪。”

在她眼前，除了包围着船的灰色海浪，什么都没有。这些海浪不是熊岛岸边的浪花。它们十分庞大，可以像树一样直立起来。巨浪面前，船看上去就像一个微型玩具。

艾普丽尔吓得咽了一下口水。

这里没有陆地。

什么都没有，除了可怕的、狰狞的海浪和他们俩。

熊熊蜷缩着坐在船头，用它那双大大的、巧克力色的眼睛盯着艾普丽尔。艾普丽尔伸出手，抚摸着它耳朵下方的毛。

“一切都会好的。”啪的一声，艾普丽尔合上了防水布，她决定不让熊熊知道外面的乌云。

25

暴风雨

一声霹雳，暴风雨来了。雷声大作，大雨疯狂地打在防水布上。这就像露营时遇到大雨，人躲在帐篷里，就会感到安全、舒适和被保护。

但艾普丽尔却没有这些感觉。

海浪变得更加凶猛了。

她不用从防水布缝隙往外看就知道，因为船随海浪往上爬升时，每次都比上次高。情况应该不会变得更糟了吧?

然而，情况的确变得更糟了。

船爬升得更高了，他们仿佛顺着一个梯子爬到了空中。浪尖上，船在摇摇欲坠中稍停歇片刻，便又晃动着跌入深渊。

艾普丽尔一直竭力控制自己不要尖叫。

但这不能消除恐慌。熊熊惊恐地睁大了眼睛，船内充斥着紧张和恐惧的气氛。雨不停地落下来，海浪撞击着船身，雷声震耳欲聋。艾普丽尔爬到船中央，紧紧地抱住熊熊。他们的脸碰到了一起。熊熊的鼻息喷在艾普丽尔脸上，很烫。

“对不起。”艾普丽尔小声说道，“这都是我的错。”

熊熊用鼻子碰了碰艾普丽尔的鼻子。艾普丽尔听到了熊熊的心跳，也听到了自己胸口怦怦的声音。

“我爱你。”艾普丽尔的嘴唇贴着熊熊的脸，亲吻着，“我非常爱你。”

她紧紧地依偎着熊熊，心底里清楚熊熊也很爱她。这一刻是温馨的，完美的，一切都是安全的。

接着，浪潮来了。

那浪如同从海底升上来一般，冷酷无情地将他们抛向高空。船在灰暗的空中翻滚舞动，在半空盘旋一阵后，狠狠地砸了下来。一声巨响，船翻了个底朝天。

艾普丽尔尖叫起来。

熊熊咆哮起来。

船猛烈地摔进水里时，防水布被撕扯得一丝不剩，船桨被水卷走了，船头断成了两截。海水太冷了，艾普丽尔大口喘息着，海水立刻就灌满了她的嘴。她惊慌失措地伸出双手想抓住熊熊，却被海浪拽入水中。她的手里空空的，除了冰冷的水，什么都没有。

水从四面八方冲过来。她一会儿被倒立起来，一会儿被平抛出去，一会儿又被仰面扔下。她的彩虹雪地靴被冲掉了。海水击打着她的皮肤，她哭了。

海水的味道就像腐臭的盐水，冰冷的温度正慢慢地冻住她的身体。其实，她吞下多少海水并不重要；甚至，船支离破碎，所有物品都沉到海底，那也不重要。

只要她和熊熊在一起，这些都不重要。

最后，当艾普丽尔再也忍不住屏气时，水流将她推回到水面。熊熊也在水面，艾普丽尔看到了它。可是，它离艾普丽尔太远了。太远了！她再次伸出了双手。

"熊熊！"

熊熊张开嘴，发出一声吼叫。艾普丽尔能看到熊熊吼叫，却听不到它的吼声。它就在那里，疯狂地朝艾普丽尔游来。它的耳朵向后夹着，它的脸上露出凶猛的、想要保护艾普丽尔的表情。

艾普丽尔的指尖碰到了熊熊的脚掌。就快抓住了！就快安全了。

但大海并没有打算放过她。水流绕过艾普丽尔的脚踝，把她从熊熊的爪中扯了出来，再次拽到了水中。

艾普丽尔挣扎着。她的双腿和胳膊在水中使劲地拍打着。她尖叫着。

但是，太冷了。

非常、非常冷。

海水不停地拉扯，不停地拖拽。艾普丽尔沉得越来越深。昏暗的深处，连午夜的阳光都不敢涉足。那里的海水又重又黑，充满了死亡的气息。11 岁的女孩不属于那里。

海水像冰霜一样在她周围凝结。

最终，经过漫长且艰苦地较量，艾普丽尔闭上了眼睛。

一切都无比寒冷。

然后，一切都……

……远去了……

……变黑了……

26

熊熊在哪里

“艾普丽尔？”声音很遥远，像从远方飘来，“艾普丽尔？”

艾普丽尔躺在船舱里的一张床上，空气中弥漫着鲭鱼味。站在她身旁的是……

“爸爸？”

“艾普丽尔！”爸爸脸上的表情百感交集。他俯下身把艾普丽尔抱进怀里。他身上有茴香糖的味道，花呢布的味道，还有家里的热巧克力的味道。“我的孩子。”

当他终于松开艾普丽尔后，他有些惊讶自己流露出的情感。爸爸在擦拭眼睛时，艾普丽尔努力地梳理着头绪。

因为好多事情讲不通。

为什么她的脑子里全是冰山的感觉？

她怎么又回到了船舱？这是同一艘货船，不是吗？就是几个月前，她和爸爸到达熊岛时乘坐的那艘货船。

爸爸是在哭吗？

还有别的东西。

一时间她无法说清楚的东西。但又是非常重要的东西，是她必须记住的东西。

可这时，她的头又痛了起来，就像被刺入了冰块，她再一次滑入黑暗中。

等她第二次醒来，船舱里似乎没有别人。除了她粗重的呼吸声和记不起来的梦，船舱里什么都没有。

这时，一个声音吓了她一跳。那人坐在船舱对面的一把椅子上，手里的手帕被折叠成小巧精致的方块。“你到那里干什么？”

艾普丽尔想回答，但她脑袋里的冰块却不停地晃动。因为，她想知道自己“到那里干什么”。

“你差点死了！”爸爸从椅子上站起来，大步走到床前，用生硬尖锐的目光注视着艾普丽尔。艾普丽尔想缩进被窝里。自从妈妈的葬礼之后，艾普丽尔还没在爸爸的脸上见到过这种情绪。想到爸爸是因为自己才这样，她感到很不安。

“我知道。”艾普丽尔最后说道。尽管她身体里的每一根骨头都在痛，但她还是把手放到了爸爸的胳膊上。“我很抱歉。”

爸爸颤抖着吸了一口气，在床边坐下，他将手帕放进口袋里。然后，他做了一件很久没有做过的事：他把自己的手放在了艾普丽尔的手上。那一瞬间，他们俩都没有说话。有些时候，你不必将心里话说出来。

“我记得的最后一件事是我掉进了水里。”艾普丽尔小心翼翼地说，“但那之后……就是一片漆黑了。”

她竭力想回忆起发生了什么，却像遇到了一团阴沉的迷雾，她越使劲想，她的头就越疼。

“当我发现你不见了的时候，”爸爸说，“已经是早上了，新来的气象学家和他的助手坐的船已经到了。我们到处找你……”他清了好几下嗓子，艾普丽尔将手指扣住了爸爸的手指。“然后，我们看到了海滩上的痕迹，意识到你已经坐上船了。船长根本不相信，一个小女孩怎么可能把那么大的船推到海里去呢？但是，那个男孩，小托，是他猜到了你可能要去的地方。”

“噢！”艾普丽尔惊呼了一声。

她的耳边传来一阵急促的声音，水瀑的声音，还有其他的声音。那是来自心底最真实的声音。

“熊熊！”她猛地坐直了身子，血液像火山爆发般在她的血管里涌动，“它在哪里？”

爸爸张了张嘴，又闭上了。他的脸涨得很红，一种奇怪的红色。

“不！”艾普丽尔掀开被子，踉跄地经过爸爸，冲到门口，赤脚跑到了外面甲板上。

“艾普丽尔！”

风抽打着她的脸，甲板上的味道有些脏。几个船员在周围走动，他们好奇地看着艾普丽尔。

“它在哪里？”艾普丽尔大喊道，她疯狂地盯着四周，“熊熊在哪里？”

风呼啸着，货船引擎突突响着，艾普丽尔感到身上每个细胞都在疼痛。周围的海鸥尖叫着从一望无际的弧形空中俯冲下来。她跑遍了整个甲板，寒冷击打着她的皮肤。但是，甲板上除了卷起的绳子、油和刺骨的北极空气外，什么也没有。她俯身靠在船舷边，拼命地盯着四面八方的地平线，但她能看到的只有空空的海面。

“熊熊！”

她从栏杆处退了下来，她的脸冻麻木了，她的手指已经僵住了，她跌跌撞撞地走进身旁的一道门。沉重的金属门在她身后重重地关上了，她突然发现自己来到了货船内部一条黑暗的、封闭的曲折通道里。这时候惊慌失措是没有用的。艾普丽尔深吸一口气，让自己平静下来。现在，她能听到了。倾听——就像熊熊曾经教她的那样。她竖起耳朵。她的所有感官都警觉了起来。

一开始，她只听到引擎巨大的轰鸣声，但后来……有别的声音。声音很小，她差点错过。她注意着那个声音，心跳加速，内心舞动。她沿着通道一直走到船舱最下方。在这里，她看到另一扇关闭的金属门。这扇门是由小托看管的。

“嗨。”小托打着招呼。

艾普丽尔扫了一眼小托的方向，她几乎没注意到小托。她的整个身体因为恐惧和期待而颤抖着。小托从口袋里拿出一把大钥匙，慢慢地把门打开，然后站在门外。

在房间最里面，有个影子蹲坐在地上，它的脖子上紧紧地拴着一条金属链，那是熊熊。

27

勇　气

“熊熊！”

艾普丽尔忘记了身体的疼痛，忘记了她的头还在跳痛，忘记了自己还能活着已经很幸运了。看到熊熊的那一刻，她忘记了一切，甚至忘记了自己的痛苦。

她飞快地跑到熊熊身旁，嗖地一下跪到地上。她张开双臂搂抱着熊熊的脖子。熊熊像一只兴奋的小狗，呜咽着、扭动着，舔着艾普丽尔的脸。它那明亮的巧克力色的眼睛里全是艾普丽尔，艾普丽尔的五脏六腑都快融化了。艾普丽尔把脸埋进熊熊柔软的绒毛里，他们俩紧紧地拥抱在一起。

当艾普丽尔最后松开手，熊熊舔舐着她的脸，轻轻地低吼着。那不是生气的咆哮，而是快乐的吼叫，是带着深深的满足的吼声。艾普丽尔捧着熊熊的脸颊，亲吻着它的鼻子。

“你打电话问我怎么去斯瓦尔巴群岛，我就觉得很奇怪。”小托说道，艾普丽尔已经忘记小托正在她的身后，“这样的问题实在太疯狂了。但更疯狂的是你真的要坐着船去那里。”

“那我要感谢你。”艾普丽尔一边说，一边将自己的脸贴在熊熊的脸上，“因为你知道在哪里能找到我们。”

小托盯着他们俩，好像要搞明白这到底是怎么回事。“我

们发现你的时候，它正叼着你。当时它在踩水，你就挂在它下巴那里。我们以为它要吃了你。”

艾普丽尔仍能感受到冰冷的水在她体内的感觉，还有坠入深不见底的黑暗中的感觉。她颤抖着、吞咽着，全身不停地哆嗦。

“它救了我，是不是？”艾普丽尔的嗓子有些嘶哑，“熊熊

救了我的命。”

她又紧紧地抱住了熊熊，她知道此时语言是无力的。但即便不用说话，她也知道熊熊能懂她。

艾普丽尔松开手，盯着小托说：“你不会告诉我，你要杀了它吧？”

“我爸爸当时差点杀了它。”小托举起双手表示歉意，然后解释道，“他和我们不一样。你必须明白熊和你不一样。它成长在一个动物们被猎杀的时代，而不是被拯救的时代。再说，我们觉得我们是在救你。”

“然后呢？”艾普丽尔问道，“因为很明显，有人阻止你爸爸射杀熊熊。那人是你吗？”

小托不好意思地脸红了：“不是我。反正一开始不是我。”

“那是谁？”

艾普丽尔没有注意到脚步声，这时，爸爸突然出现在小托旁边。爸爸和小托一样，揉着眼睛，目不转睛地盯着艾普丽尔和熊熊。

“您？”艾普丽尔难以置信地问道，“您救了熊熊？”

艾普丽尔盯着爸爸，像是第一次相识。他穿着斜纹花呢外套，乱蓬蓬的头发，带着茴香糖的味道，他看上去还是和从前一样，但是，不知为什么，此时又和从前不太一样。从前他似乎总是被一层脆弱的羊皮纸包裹着，而现在那层羊皮外壳终于褪去了，一个真实的、有血有肉的爸爸出现在眼前。

“爸爸，”艾普丽尔咧嘴笑了，“这是熊熊。”

爸爸笨拙地走向前，伸出一只手：“很高兴认识你……熊熊。”

熊熊看了一眼爸爸伸出来的手，龇着牙咧开了嘴。

爸爸赶紧向后退了几步。

“它只是在说‘谢谢您’。”艾普丽尔说着，张开双臂搂住了爸爸，“我也很感谢您。”

艾普丽尔松开手，爸爸的头发比往常显得更乱，但他的脸上露出了久违的笑容。

“那么您现在相信我了？”艾普丽尔说道，“我是想救熊熊！这样它就可以回家了，回到斯瓦尔巴群岛，和其他北极熊生活在一起。”

“艾普丽尔，”爸爸摘下眼镜，仔细地看着她，说道，“我应该一直相信你的。”

“但您没有。您说熊熊是我编造出来的。”

“是我错了。”爸爸轻声说道。

艾普丽尔点点头，她想对爸爸笑，但是很难。她的嗓子像被东西堵住了，让她说不出话来。

“你知道我为什么喜欢莫扎特吗？”爸爸大声地咳嗽了一声，清了清嗓子，说道，“他是有史以来最伟大的作曲家之一。因为他的音乐不是用大脑写的，而是用心创作的。当你所做的都来自内心，你是不可能说假话的。”他停顿了一下，擦了擦眼睛，也许他是在擦眼泪，也许不是。“我……应该意识到你说的都是实话，因为，艾普丽尔，我亲爱的孩子，你就像你的妈妈一样，你的心从来都不会说谎。”

这时，爸爸的手握住了艾普丽尔的手，尽管有些笨拙，却十分有力。几乎同时，艾普丽尔感觉她找回了她的爸爸。她还感受到许多其他的事，那些事像轻快的蝴蝶在她的脑海里飞进飞出。

可她来不及去想那些事，因为，这时候，熊熊的一声吼叫将她从那些想法中拽了出来。那吼声让船为之震动，令海石和生命随之变迁。接着，熊熊微笑着逐一看着眼前的人，那笑容仿佛是棉花糖和阳光混合而成的。

“它很开心。”艾普丽尔看着震惊的小托和疑惑的爸爸，说道，“你们想听听我的吼声吗？”

正当艾普丽尔准备发出自己最大的吼声时，货舱的门被撞开了。船长走了进来。只见船长手里握着一把步枪，枪口对准了熊熊。

“不要！”艾普丽尔扑到熊熊前面，喊道，“别开枪！”

爸爸也急忙走上前，挡在艾普丽尔和熊熊的前面。“它非常安全，先生。”爸爸的声音平静而有节制，“我的女儿完全能控制住它。您可以把枪放下。”

船长瞄准着枪管。“你们都疯了吗？”他的手紧紧地握着枪，“你不可能控制住一头野生北极熊的！”

“不。”艾普丽尔回道，“您不能，但我能。”

船长脸上的表情就像大海最汹涌时不受控制一般，但这一次，艾普丽尔没有害怕，因为有熊熊在她身边，因为熊熊的勇气在她心里。于是，她站直身子，直视着船长的眼睛。

“它是我最好的朋友，我没有期望那些不喜欢动物的人能理解这一点。但你们都看见了，它救了我的命。”艾普丽尔说着，走近熊熊，用一只胳膊搂住它的脖子，“如果您要杀它，那您得先杀掉我。”

“还有我。”爸爸一边说，一边用自己的一只胳膊搂住了艾普丽尔。

“还有我。”小托说，他站到了他们的前面。

“儿子？”船长放下了他的枪，“你相信他们说的？”

“爸爸，”小托站直身子回答道，“您教我懂得：海洋是一个神秘的世界，人类永远无法完全了解。也就是说，即便是一个女孩和一只北极熊成了朋友，这样的事也是有的。所以，是的，我真的相信。”

船长看着小托，他那饱经风霜的脸很纠结，到底是听儿子的请求，还是履行他的船长职责。

艾普丽尔屏住了呼吸。

“时代已经变了。”小托的话更温和了，“我们现在也许也要改变了。”

“好吧，好吧。”船长最后勉强说道，“但我们要做什么呢？带这头熊去最近的动物园吗？”

“熊熊不属于动物园！”艾普丽尔喊道，“我们必须把它带回斯瓦尔巴群岛！”

船长看着艾普丽尔，大吃一惊。

“熊岛曾经住满了熊。”艾普丽尔解释道，“这就是那里一开始被叫作熊岛的原因！现在，那里什么都没有了。您知道为什么吗？因为冰盖已经融化了，北极熊再也去不了那里了。所以我们必须带它回它的家。”

“这是我的责任吗，为什么？”

“这是我们所有人的责任。”艾普丽尔哭了，“您难道不明白吗？让冰盖融化的，不是您，也不是我，是我们所有人。如果我们不尽力帮助，那么很快，就不会再有北极熊了。”

“爸爸，”小托转过身对他爸爸说，“她是对的。而且，这也不仅仅只关系到北极熊。您自己也说过很多次，海冰每年都在缩减。我们亲眼看到这一点了。”

“我看到的每一只北极熊，你们都想让我救？”

“不。”艾普丽尔回答，“只有这一只。”

“你们以为我不想拯救北极吗？”船长气愤地说，“但北极需要的不仅仅是一个小女孩救了一只北极熊。”

“我赞成您的说法。”艾普丽尔说道，“但您想象一下，如果这个星球上的每一个人都做一件与救助相关的事。”

“那仍然是不够的。”

“但是，那样总比什么都不做要好。”

船长看着他们，沉思了一会儿，似乎他在和自己内心深处的某种东西较量。过了好久，他说：“我在这片海域航行了三十多年，在我有生之年，我确实看到冰盖融化的速度比我认为的要快很多。”他看了一眼身旁的小托，若有所思地说：“很快，我所知道的北极将不再是我儿子所知道的北极了。我这样做不仅仅为了你。我是为他做的。”

艾普丽尔高兴地抓住了熊熊的脚掌，她毫不掩饰自己的喜悦。

“但我不允许它在我的监视下伤害任何船员。它全程都要被拴住，你明白吗？”

艾普丽尔点点头。

然后，船向北方驶去。

28

斯瓦尔巴群岛

斯瓦尔巴群岛美得令人窒息。

阳光下，它像钻石一样闪耀。一望无际的天空下，它尽情地律动。它闪烁着、呼吸着，歌唱着它自己的魔法。艾普丽尔他们已经驶入朗伊尔城的主要港口。朗伊尔城是斯瓦尔巴群岛的首府，也是世界上最北端的居住地之一。这里是最北的边疆，是难以想象的冒险之地，也是地球上最后一片纯粹的、神秘的荒野。

整个航程中，艾普丽尔都待在船舱里，和熊熊在一起。此刻，随着一声巨响，船停靠在了港口。除了船长，所有人都下了船。这时，熊熊才被解开铁链，允许到甲板上去。

艾普丽尔觉得自己像是忘记了呼吸。斯瓦尔巴群岛是她见过的最美丽的地方。这里离北极那么近，空气中弥漫着冰的味道，那么纯净和梦幻。

在她身边，是不停发抖的熊熊。

“就是这里。”艾普丽尔说道，“你记得吗？”

熊熊抬起头，回应艾普丽尔的话。它的眼睛亮起来，脸上似乎掠过一丝微笑。似乎出于本能，熊熊开始沿着跳板向岸边走去。艾普丽尔赶紧跟随着它。

莉莎在岸上等着他们。她是一个有着紫色头发和法国口音的年轻女人。她和艾普丽尔一样，也穿着一件红色的雨衣和一双彩虹雪地靴，脸上挂着大大的笑容。艾普丽尔在船上一直穿着小托的旧衣服，她一眼就喜欢上了莉莎。

“那么，你就是那个救了北极熊的女孩了。”莉莎惊奇地看着艾普丽尔，“这里的每个人都在谈论你！”

艾普丽尔脸红了，说道：“我只是做了我应该做的事。”

“我明白。”莉莎舒展双臂，像是拥抱这片美丽却濒危的环境，说道，“这就是我们来这里的原因。尽我们的一份力量。啊，这一定是你那可爱的熊吧？”

熊熊在跳板上停了下来，它好奇地嗅着。再往前踏一步，它就回到它的家乡了。微弱的风中，有什么东西在沙沙作响，在移动，其他北极熊的气味也飘了过来。艾普丽尔都闻到了，有些霉味，带着野性和活力。熊熊竖起了耳朵。艾普丽尔抚摸着熊熊，感受到了它的心跳。

“哦，它好漂亮，是不是？”莉莎说，“它在这里会很安全的，可以自由漫步在它的栖息地。”

小托一路上都在给艾普丽尔介绍极地研究所的情况。研究所是挪威的一个政府组织，它的任务是尽力保护斯瓦尔巴群岛周边地区的环境。

“等这只熊安顿下来，我们会仔细观察，确保它在这次旅程之后身体健康，完全适应新生活。”

艾普丽尔点点头，不知道该说什么。

“你做了一件非常勇敢的事。”莉莎温和地说道，“虽然你的方式不一定是对的，但它的确属于这里。”

艾普丽尔的手感受到熊熊的心在加速跳动。还有最后一步，迈出这一步，它就真正站在斯瓦尔巴群岛的岸上了。它全身都做好了准备。

艾普丽尔的胸口怦怦地响。“可是我不知道我准备好了没有！”她哭了，手指摸着熊熊耳朵下方那块柔软的皮毛，“我希望我可以和它在一起。”

“我相信它也是这么想的。”莉莎笑了，“你已经拥有了一次了不起的冒险。回家吧，将你的故事分享给那些想听的人，还要特别分享给那些不愿听的人。然后，尽可能多地告诉大家我们在斯瓦尔巴群岛的情况。北极地区比以往任何时候都需要大家的帮助。”

这时，艾普丽尔身后响起了货船的喇叭声，她跳了起来。她知道他们只能短暂停留，但没想到竟然这么短。时间正从她身边流逝，她感觉自己气喘吁吁地想追赶上去。

“它喜欢有人摸它的左耳后面。”艾普丽尔快速说道，“它高兴的时候，就会在地上打滚，晾着肚子等人摸。还有这个。”艾普丽尔拿出最后一罐花生酱，那是爸爸从她的床底下找出来的。“它喜欢吃这个。”

莉莎接过花生酱，紧紧地攥在手里。“我会尽我最大努力，像你那样照顾好它。但请记住，它是一只野生动物。我怀疑，一旦它回到同类身边，就不会再需要人类的接触了。”莉莎温和地看着艾普丽尔，“的确，能和一只野生北极熊建立这样的联系是极不寻常的。我从没见过这样的情况。”

艾普丽尔说不出话来，只好点点头。

“你想在走之前拍张照片吗？你和熊熊的合影，我可以用电子邮件发给你。”

莉莎有一台高分辨率的数码相机。他们经常将照片发布到他们的网站上。她将相机对准了熊熊和艾普丽尔。熊熊用后腿直立起来，看上去强壮而雄伟。它的一只爪子轻轻地搂着艾普丽尔的肩膀，艾普丽尔依偎在它的怀里。

相机拍摄时的闪光让艾普丽尔眨了眨眼睛。莉莎伸出双手向她告别。“我想你们的船已经准备好了。”船的喇叭再次响起。莉莎有些不忍，想给艾普丽尔留点时间和熊熊独处，于是她回到了研究所。

现在，艾普丽尔面前只剩熊熊了。

“好了，熊熊。时间到了。”

艾普丽尔的心跳加速了，她感觉到熊熊的心跳也加快了。自从到达这里后，熊熊的注意力第一次从斯瓦尔巴群岛转移到艾普丽尔身上。

“熊熊？”她双手捧着熊熊的脸，这样他们就可以凝视彼此。熊熊巧克力色的眼睛闪烁着光芒，融化着，倾注到艾普丽尔的眼里。艾普丽尔眨了好几下眼睛，才看清楚熊熊。“我们在一起经历了好多冒险，但你现在回家了，是不是？”艾普丽尔小声说道，“你能感觉到的。我能感受到你的感受。还有……现在，我也要回家了。”

熊熊呜咽起来，发出低沉而痛苦的呻吟。那声音刺痛着艾普丽尔的心。熊熊碰了碰艾普丽尔的脸，艾普丽尔伸出胳膊抱住了它。

艾普丽尔将脸靠在熊熊的脸上，说道："你在这里会很好的。看！有人照顾你。莉莎非常好。她说你是野生的，但如果你真的需要抚摸或者拥抱，你就去找她，好吗？还有，我会寄给你一些花生酱，但你不要吃太多，否则会长胖的。"

他们俩紧紧依偎在一起时，熊熊的耳朵动了动。船的喇叭声又一次响起。时间匆匆而过，那么快，仿佛在和艾普丽尔的心跳赛跑。艾普丽尔紧紧地抱住熊熊，不停地亲吻着，她感觉心里有什么东西破碎了。

"我爱你，熊熊。"

说完，艾普丽尔松开了手。

29

最后的吼声

当熊熊在属于它的土地上迈开第一步的时候，艾普丽尔乘坐的船已经离开了斯瓦尔巴群岛。她站在甲板上，靠着船尾，伸展双臂冲着熊熊挥手道别。熊熊在岸上困惑地盯着船的方向。毕竟，熊熊只是一只熊，它并不清楚为什么艾普丽尔要把它留下来。

“熊熊！”艾普丽尔大声喊道，她的心都要碎了，“熊熊！”

船行驶得更快了，白色浪花在艾普丽尔身后留下一串尾迹。船速越来越快，船也越来越远。岸边上，熊熊的影子变得越来越小。

“熊熊！”艾普丽尔发出撕心裂肺的呼唤，“熊熊！”

潜藏的痛苦显露出来，像一个巨浪拍打在艾普丽尔身

上。宇宙间似乎裂开一条缝隙，一些东西被劈成了无数的碎片。艾普丽尔知道，无论她如何努力寻找，都无法找回那些碎片了。

没有熊熊，她怎么能活下去？

她将如何活下去？

这都算不上问题，因为没有答案。这是来自艾普丽尔生命深处的呼喊。那里是她从来都不知道的地方，而那个地方一直都存在。

艾普丽尔感觉自己的灵魂正一点点离开她。她如何还能开心，如果再不能抚摸熊熊，再不能把脸埋进它柔软的皮毛里，再也看不到它的耳朵动，再也看不到它在阳光下翻滚时的笑脸，再也感觉不到它的湿鼻头的触碰，再也看不到它跃出海面，再也不能骑在它背上爬山。她曾感觉自己是地球上最幸福、最可爱的女孩，从此以后，她如何还能开心？

时间怎么过得那么快？熊熊之后将不再是她生命中的一部分了。

“我做不到！”她啜泣着，“我不能没有熊熊。”

痛苦太庞大、太糟糕，艾普丽尔几乎无法呼吸。她仍能看到熊熊的身影，但越来越小。它再不是那只高大的熊熊了，它变得越来越小了。太小了！然后，它在艾普丽尔眼前消失了。

“熊熊！”艾普丽尔再次喊道，她的声音因为痛苦而嘶哑，“熊熊！”

她似乎仍看到熊熊在岸上，后腿直立，张开嘴发出了最后一声空寂的吼叫。那吼声旋转着、舞动着，跨过海浪，穿过海水，追上货船，最终来到艾普丽尔身边。

这是熊熊的吼声。

熊熊最后的吼声。

艾普丽尔用双手紧紧地抓着那吼声，仿佛那是这个世界上最珍贵的东西；她紧紧地抓着，仿佛永远不会松手。当眼泪滑下她的脸庞，她看见熊熊最终从视线里消失了。

“不用担心。它现在很安全。”一只温柔的手搭在艾普丽尔的胳膊上，“艾普丽尔，我的孩子，我的宝贝，亲爱的孩子。”

艾普丽尔转过身，将脸埋进爸爸的斜纹花呢外套里，她感受到一种久违的熟悉和舒适。她就这样待了许久。爸爸抚摸着她的头，她哭得很厉害，几乎喘不过气来。她的眼睛又痛又红又肿。最后，她的啜泣声逐渐平息，转成轻轻的嗳气声。她的呼吸慢慢稳定下来，爸爸这才能将手帕递给她，让她擤擤鼻涕。

“它不会有事的，对吗？”

“你救了它，艾普丽尔。”爸爸蹲下身，平视着艾普丽尔说，“现在，它可以拥有自己的生活了。一只北极熊应该有的生活。”

“但是……”艾普丽尔深吸了一口气，颤抖着问，“要是它不能适应和其他熊在一起该怎么办呢？”

“这不正是它想要回来的地方吗？”爸爸注视着艾普丽尔的脸，“回到属于它的地方，不再独自困在熊岛上，是不是？”

“是的。”艾普丽尔小声回答。

“你已经将它送回了它真正的家，所以它能生存下去。我想它会很高兴的，你说呢？”

艾普丽尔咽了咽口水，把眼泪收了回去。“但是……我该怎么办呢？”

“它永远都不会忘记你，艾普丽尔·伍德。”爸爸回答道，“它怎么会忘记你呢？你救了它的命。”

“我不是那个意思。”

“那是什么？”

“我怎样才能开心呢？”她眨了眨眼睛，不让眼泪掉下来，“您一直都放不下……”

爸爸猛地吸了一口气。“你是说你妈妈？”他深深地叹口气，“因为大人们有时候会忽视很多事情。我有一个最优秀、最勇敢的女儿，就在我眼皮底下，我却没有看见。从现在开始，我们要组成一个真正的家庭，我要成为你真正的爸爸。”

艾普丽尔想挤出一丝笑容，结果却抽泣着打了一个嗝。

“你觉得搬到奶奶家附近的海边怎么样？我们可以找一个漂亮的小屋，你可以挑选一所你喜欢的友善的学校去读书。”

“可是，您在大学的工作怎么办呢？”

“我正在递交辞职报告。”爸爸说，“我想我……可以试试在新住处附近的大学里找一份工作。我听说其中一所大学正招人，他们想研究一种可以降解塑料的方法。”

“您一定会做好那份工作的。”艾普丽尔说着，心想爸爸多聪明啊。然后，她拍了拍爸爸的胳膊，说：“那就去做吧。”

“而且我们可以有更多的时间在一起。”爸爸微笑着对艾普丽尔说，他的眼睛就像闪烁的星星一样，“我保证。”

艾普丽尔仰起头看着爸爸，她意识到爸爸不只是在用语言说话，他将那些语言无法表达的东西也说了出来，这让爸爸的话显得格外特别。艾普丽尔的精神也为之振奋。住在奶奶家附近听上去太美好了，虽然一想到即将离开北极，而且没有熊熊的陪伴，艾普丽尔就觉得内心沉重，但至少，她是和那个真正的爸爸一同离开了北极。

“等我们下次来的时候，我会拍照片寄给你。”小托说。

艾普丽尔甚至都没注意到小托的存在。她无法想象自己刚才的模样，满脸通红，一把鼻涕一把眼泪的。不过，她不在乎。

“真的吗？”

“当然。”小托说道，“你想要多少照片，我就寄给你多少。我会给你寄很多很多照片，你可以用它们来做壁纸。”

“我希望可以那样。”艾普丽尔说道，“我非常非常希望可以那样。”

“也许有一天你还能回来。”小托说，他的蓝色眼睛透着笑意。

“喔，”艾普丽尔说道，“我会的。我肯定会回来的。等我长大了，我要搬到这里来，到极地研究所工作。”

“不管怎样，”小托说，“我一点都不怀疑。”

“毕竟，”艾普丽尔直起身，望着大海，说道，“总得有人来拯救北极熊。”

说完，她张开嘴，发出了吼声。

因为艾普丽尔早已学会了像一只真正的北极熊那样吼叫，而不是小女孩式的吼叫，也因为她要把最好的吼叫留到最后。那吼声跳动着、滑行着，穿过大海，一直到达斯瓦尔巴群岛。

熊熊仍在岸边等待。它后腿直立，看上去像一匹耀眼的白色骏马。它竖起耳朵，鼻子抽动着，眼睛因为风吹或其他原因有些泪汪汪的。艾普丽尔的吼声蹦蹦跳跳穿过海浪，正好就停落在熊熊的脚边。它站在那里，尽情地让吼声将自己包裹住，那是艾普丽尔最后的拥抱。那是最大、最好的拥抱。然后，熊熊四脚着地，朝着它的新生活奔跑而去。

作者寄语

当我坐下来开始写作《最后的熊》时，我脑子里只有一个简单的想法，那就是要写这个世界上我最喜欢的东西。这就意味着我要写动物，尤其是可爱的大动物，写它们与人类，特别是与孩子之间的特殊友谊，以及动物与我们之间深远长久的真挚情感。

我创作这本书的另一个因素源自我对地球的热爱。这种爱不仅因为地球的壮观与神奇，也因为地球需要我们人类的保护，任何人都可以燃起希望、引发改变，不论这些希望或改变是大是小。鉴于曾经发生的令人难以置信的世界性大事件，人们现在比以往任何时候都需要充满爱心、善意和温暖的书籍。

不过，有一点需要指出：《最后的熊》是一部虚构小说，尽管情节中不乏一些事实。开始构思时首先进入我脑海的是熊熊这个角色。我不记得它是在什么时候、以什么样的方式出现的，我只记得突然间，它用黑巧克力色的眼睛凝视着我，脸上流露出惆怅与恳求的神情。我向来无法忽视动物，尤其像熊熊这样雄壮、威严且心胸宽广的动物。它有故事要讲，而我，显然就是那个可以为它讲述的人。当时，我对北极熊了解不多，于是，我专心做了一些研究。首先，北极熊住在哪里？

我跪在卧室地板上，眼前是一张铺在地板上的北极圈地图。这时，我看到巴伦支海上的一个小岛。

熊岛。

我大声尖叫起来——还用说什么吗，这里就是我这本书的完美取景地。当我进一步了解了这座岛的历史，并且知道北极熊已经有八年未曾在此出现时，突然间，我要讲述的故事只有这一个了：艾普丽尔不顾一切要把熊熊带回斯瓦尔巴群岛。

真实的熊岛与书中的描述很像，但又不完全一样。从地理经纬度看，它们是一样的。而且，岛上除了一个气象站之外，的确无人居住。不过，真实的熊岛上，气象站由一个11人组成的团队在管理，而不是书中写的那样只有父女两人。（我非常肯定，气象管理团队观察记录天气的方法比我描述的要专业科学很多！）所有小说都以某种方式围绕故事情节来塑造环境，因此，我对岛上的地形和其他方面做了一些自由发挥。岛上真的有一个海象湾，这不是我编造的；即便熊岛很偏远，那里的海滩上也真的有被海水冲上岸的废弃塑料瓶。除此之外，如果书中有任何知识性错误，全属于我个人的失误，我先在此深表歉意。

当然，我也对熊熊这个角色进行了自由发挥。虽然北极熊很可爱，但在现实生活中，北极熊是很危险的野生动物，我绝对不建议大家去和北极熊交朋友。

北极熊有一个神奇之处，它被称为气候变化的“典型代表”。由于北极地区的变暖速度是地球其他地区的两倍，因此北极熊受到的影响也就首当其冲了。更糟糕的是，根据世界自然保护联盟（IUCN）的预测，到2050年，北极熊的数量将严重减少。

有关海冰融化的程度和速度还存在一定争议。这是因为海冰会随着季节的变化而扩大和缩小。不过，根据美国国家航空航天局（NASA）的一项42年卫星记录显示，北极的海冰面积减少了约100万平方英里。还有另一项统计显示，海冰每十年减少近13%，其中斯瓦尔巴群岛和巴伦支海地区的冬季，减少得最为明显。

尽管2019年，熊岛上出现了一只北极熊，但这不是正常现象。因为随着北海水域的冰的不断融化，北极熊将再也无法登上这座以它们名字命名的岛屿了。同时，北极熊在斯瓦尔巴群岛上的庇护所也受到了威胁。

这些信息听上去多么让人沮丧啊，但为了勇敢的、充满热情的、了不起的孩子们，我要去面对。在我写这本书时，我读到的有关气候变化的儿童图书大多是反乌托邦式（敌托邦）的。但我相信，现在还为时不晚。这也是我之所以要讲述这个故事的原因，讲述一个女孩，哪怕是一个很小的女孩，她也能产生巨大的影响。大家不用像艾普丽尔那样单枪匹马地去营救一只北极熊（我不建议这么做！），但我希望这本书能激励大家相信，每个人都可以为北极熊提供帮助。

如果你也像我这样爱上了北极熊，那么帮助北极熊、保护我们的地球家园的最好的方法就是——尽己之力应对气候变化。

我知道，只要我们发出足够响亮的吼声，我们就能让事情发生一点改变。

一个大大的爱的熊抱。

汉娜·戈尔德

致谢

第一次与哈伯·柯林斯团队见面的情形令我难忘。那是在他们时尚的办公室里，俯瞰窗外可见泰晤士河的美景。一阵寒暄之后，我们来到一间小屋坐下。我们四周摆满了著名作家的经典图书。这时，他们问我创作这本书的灵感，我的眼泪不禁夺眶而出。

我分享了熊熊这个角色的诞生过程，它源自我的内心，并在我经历了一段特殊痛苦后跃然纸上。现场一片寂静，他们面面相视。最后，他们说：“原来如此，所以熊熊才会那么与众不同。”

那一刻，我知道了：他们不仅是熊熊的理想家园，也是我的梦想归宿。

在此，我要向英国哈伯·柯林斯儿童图书出版公司的优秀团队致以衷心的感谢：安－雅尼娜·默塔、尼克·莱克、萨曼莎·斯图尔特、瓦尔·布雷思韦特、亚历克斯·考恩、乔－安娜·帕金森、蒂娜·莫列斯、卡拉·阿隆齐、维多利亚·博德、克里斯蒂·布拉德伯里、埃洛林·格兰特、劳雷·吉塞曼斯和贝瑟妮·马厄。我要感谢李维·宾福德，他创作的封面令我叹为观止。你们用爱心和细致让我的熊熊栩栩如生。我觉得自己是世界上最幸运的女孩。

感谢来自大西洋两岸的两位出色编辑——埃丽卡·萨斯曼和哈丽雅特·威尔逊，非常感谢你们不懈的支持，你们对熊熊的爱，还有你们对我的信任。我至今都不敢相信这一切是真的！

我还要感谢我的经纪人克莱尔·威尔逊，感谢你那封充满喜悦的电子邮件，它从此改变了我的人生。我非常开心有你在我身边，现在和以后都是。简而言之，你是最棒的。

感激之情不分先后：感谢第一位阅读这本书的塔姆辛·默里，谢谢你让我相信自己走对了路。感谢索菲·汉娜，谢谢你的“梦想作家计划”和你的智慧。感谢我最要好的朋友艾莉森·普罗，谢谢你在伦敦陪我下笔写这本书，谢谢你给予我的所有支持，谢谢你在那个星期的陪伴。感谢所有支撑起我的精神支柱的人。谢谢玛丽、莫妮卡和萨鲁帕让我充满信心。还有我的好朋友们：阿曼达、蕾切尔、埃洛伊丝、唐娜、弗洛乔、萨拉和凯蒂，谢谢你们给我的鼓励，让我在低落的时候看到了自己的闪光点。还有弗拉什纳－弗兰·吉本斯团队和艾斯琳·福勒，和你们共同拥有这次经历太有趣了。感谢吉莉恩·甘布尔，你知道为什么哦！还要谢谢“脸书”上我不知怎么加入的20人群组。最后，我要感谢每一位鼓励过熊熊的人，自从我开始谈论熊熊，你们就一直在为它加油。你们的能量让熊熊神采奕奕。你们的吼声激发出了熊熊的心声。

毫无疑问，我必须感谢我的父母。他们一直都相信我，给我方方面面的支持。当我找到经纪人时，他们说：“我们就知道你会成功的。”他们是全世界最好的爸爸妈妈。在我家，大家不说“我爱你”，但我真的很爱你们。我还要特别感谢我的哥哥乔纳森和他的女朋友妮基；我的才华横溢的姐夫彼得，他总说“这才刚刚开始”。我希望如此啊，因为我还有很多故事要讲呢！我的可爱的继子康纳；我和先生的姑姑、姑父、姨姨和姨夫，以及我们收养的美国家庭朋友玛丽莲·麦克奈特。

我还要感谢那些已不在身边的亲人们，我的祖父母和我敬爱的公公，我知道他们在另一个世界里激励着我。还有，如果我不爱动物的话，我的故事就不会存在。感谢我亲爱的小猫格雷米和它毛茸茸的拥抱；感谢我们的宠物乌龟阿瑟，它让我对生活不再那么严肃紧张，尤其当它嘴里叼着生菜的时候。

如果我在这里不感谢我的丈夫，我想他这辈子都不会再理我了。所以，我要向我的灵魂伴侣克里斯表示最衷心的感谢。在橘子树下与你的相遇是我今生最美好的事，而这本身就是一个故事。尽管我们并没有事事如意，但我知道，我们的生活也因此变得更加丰富多样。你一直是我最强大的支持者和拉拉队长，我喜欢你这样，虽然你都没有读过这本书。每次我给你讲熊熊的故事时，你都会激动不已。你是我人生期望中最好的丈夫。

当然，在这篇致谢词里，我不能不感谢熊熊。感谢书中的主人公——这听上去似乎有些奇怪。但熊熊能将这个故事托付给我，不仅作为作家，同时也作为人类，这是我所拥有的最了不起的殊荣。

你在我心中成长着，填补了我所不知的空白。现在，你来到了一个宽阔的世界，我希望我亲爱的读者们也能像我那样爱你。（不过，大家不要喂熊熊太多花生酱，好吗？）你代表的不仅仅是一只熊，你代表的是世界各地的北极熊，它们比以往任何时候都需要我们的爱护。你证明了人类与动物之间的联系只间隔了一个心跳。

我真诚地希望熊熊不是最后一只北极熊。

出版一本图书从来都不是一个人的事。所以，在我结束这篇致谢前，我还要特别感谢所有优秀的博主、书商、教师、图书管理员和读过我的早期版本的其他出色的作者，谢谢你们的夸赞。感谢大家帮助我的熊熊变得与众不同，这也正是我所期望的。

最后，亲爱的读者们，这本书最终是为你们而写的！我们生活在一个瞬息万变的世界里，有时，这种变化令人恐惧。但我希望你们能从艾普丽尔的故事中获得力量，希望你们能一直看到我们所在的星球的美丽，真心感谢你们阅读我的书。

这对我来说是多么有意义啊。

汉娜·戈尔德

译后记

通往风景的路

当我们向往的风光和景致，往往需要经历一段路程才能到达。这段路程始终都存在，不论它是长是短，是易是难。

艾普丽尔和她的爸爸，还有熊岛上唯一的一只熊，他们的故事宛如荧绿色的极光，在初春的苍穹下摇曳。当我逐字逐句翻译完这本书，觉得自己已在风景中，可以像艾普丽尔那样，伸手便能抚摸熊熊的耳朵，迈步就能走到海象湾……却不曾想，在我关闭译稿电子文档的那一瞬，极光不见了，艾普丽尔不见了，熊熊不见了——所有的风景消失在咫尺间。

我随手打开音响，音乐从上一次暂停的地方流淌起来。这是莫扎特的《降E大调交响协奏曲》的第二乐章行板。小提琴和中提琴旋律悠扬，此起彼伏，似乎它们在娓娓倾谈，诉说着生命里的真情和生活中的苦涩。莫扎特创作这首曲子时，他的母亲刚去世不久。哀伤出现在他的音乐里，如深秋的树叶，一些寂寥地挂在枝头，一些散落到地面，还有一些随着寒风在空中飘零……我不禁想：艾普丽尔四岁失去妈妈后，她和爸爸有没有听过莫扎特的这一段音乐呢？爸爸带着唱片机和莫扎特全套音乐来到熊岛，这段音乐是否曾在小岛上空回旋过呢？这么一想，我发觉书中的情节又开始断断续续地出现在我大脑中。

我似乎找到了一种方式重新走入这本书。

我拿出鹰嘴豆罐头，将豆碾成泥，加入一些花生酱，再撒点盐。这是我喜欢的味道。我曾到外地看望读大学的儿子，他的宿舍旁有个大超市，里面就有这种味道的鹰嘴豆泥。每次吃，我都会想起那个超市和孩子的宿舍楼。味道是记忆的保鲜膜——熊熊那么喜欢吃涂抹在饼干上的花生酱，这是它和艾普丽尔共有的记忆呢。

为了让故事里的风景轮廓分明，我甚至还买了一袋茴香糖。这糖太醒脑了！难怪艾普丽尔的爸爸糖不离身。特殊的香味混合着冰冻的空气，每天工作十几个小时可能都不会困。艾普丽尔并不喜欢茴香糖，但她为爸爸带够了能吃半年的量。也许在艾普丽尔看来，爸爸每天将自己关在气象小屋里工作，茴香糖的味道就等同于爸爸的陪伴吧。艾普丽尔的妈妈在世时，他们一家喜欢户外活动，喜欢野生动物。爸爸说，挪威语里有个词叫 Friluftsliv，它描述的就是那种美好的户外生活。我想，如果 Friluftsliv 这个单词有味道的话，那么一定很像茴香糖的味道吧。

我在鹰嘴豆泥和茴香糖的气味中，似乎看到了熊岛的海湾、内陆湖、三座山，还有气象站。气温测量是一项全天候工作，记录气温的过程也相当复杂，这些工作只有艾普丽尔的爸爸一人完成。这个画面唤起了我的阅读记忆：南极探险家理查德·伯德（Richard Byrd）在他的著作《在南极，独自一人》（*Alone*）中，描写了他 1933 年带领探险队到达南极内陆，计划在那里建立气象基地的过程。当时，基于安全和补给原因，伯德独自一人在气象站工作了近半年。建立极地气象站对人类有着怎样的意义，可以让伯德置生死于度外呢？

艾普丽尔的爸爸也是独自一人记录了近六个月的极地气温变化，只不过他是在北极。一开始，艾普丽尔并不理解爸爸为何如此投入工作，直到后来，她从爸爸提供的熊岛十年的年平均海水温度数据中，发现了熊熊被困熊岛的原因。北极熊是海洋哺乳类动物，冰盖对它们而言如同狩猎场。随着北极气温逐年升高，冰盖逐渐融化，北极熊再也不能像从前那样到远处捕食了，它们的数量也因此开始下降。此时，艾普丽尔明白了，气温测量不只是一份工作，在那些枯燥的数据后面，有着许多不为人知的自然秘密等待她去发现。

故事最后，艾普丽尔不顾一切地将熊熊带回斯瓦尔巴群岛，与其他北极熊相聚。看似结局，也许这才是艾普丽尔和爸爸、熊熊的新生活的开始吧。

熊岛在我的思考中真实起来。

作者汉娜·戈尔德（Hannah Gold）曾提到，正是熊岛的历史给了她创作灵感。我也曾在网上检索熊岛的资料，看着气象站和海象湾的照片，艾普丽尔和熊熊的故事与我自己的记忆融合起来，一幕一幕从眼前闪过。

这一次，我知道，故事里的风景将不会再一键消失，它会像好朋友一样，从此陪伴在我左右。

陈红杰

2024年2月